# L'HÉBÉTUDE DES TENDRES

RENÉ CORONA

# *L'hébétude des tendres*

ROMAN

finitude

2012

*à Blanche, et à Ciccius-Socrate,*
*âmes unies dans la même promenade infinie*

*à Sylvie,*
*où que tu sois partie*

« Là on avançait un peu. Enfin une histoire avec des vrais morceaux de malheur dedans. »

Jean-Bernard Pouy, *H4 Blues.*

« J'écris comme on change de gare, le feu au cul. Ce qui fait que j'arrive toujours soit en retard, soit en avance. Mais pas le temps d'attendre non plus. »

Georges Perros, *Pour ainsi dire.*

# 1.

« À chaque coup on était couillonné. Jamais ça ne se présentait comme on s'y attendait. »
Raymond Guérin, *L'apprenti.*

Maintenant il savait pourquoi sa jambe lui faisait si mal, il l'avait entendue, l'autre, la rousse dans son ambulance, artère foutue… artères, artères… est-ce que j'ai une gueule d'artères ? La rousse était belle, et infirmière de surcroît ou toubib, oui, c'est possible puisque l'autre, en blanc, le mec, faisait tout ce qu'elle lui disait, c'est-à-dire pas grand-chose. Parce qu'il n'y avait pas grand-chose à faire, ça c'était évident. La sirène déchirait les parois de son cœur qui battait à cent à l'heure. Il aurait voulu leur dire quelque chose, d'aller moins vite avec cette ambulance, leur demander leurs noms, leurs prénoms, un rendez-vous, de toute façon c'était bien foutu, il le savait, le sentait, depuis que le corbeau sur son arbre perché avait croassé vers la mort… un merle, dites-vous ? c'est possible, il s'en foutait royalement. Au fond de l'avenue, l'hôpital de nuit. Il avait mal à la jambe et au ventre, et à la tête, alouette alouette, possible que l'autre, le tireur, sur son toit, sa terrasse, ait fait mouche plusieurs fois. Il devait avoir des lunettes comme dans le bouquin de Japrisot, l'autre, avec la dame. Il aimait bien Japrisot, encore un tendre... des tendres à foison, sa bibliothèque, il s'en souvenait avec une douleur intense, était bourrée de tendres. C'était une maladie qu'il avait chopée tout petit comme les oreillons et la rougeole, la scarlatine et les douleurs articulaires, le cœur fragile, le souffle, tu seras un tendre mon enfant, avait dit la dame fée au-dessus du berceau dans sa Pitié hospitalisée. D'ailleurs naître à la Pitié, ça vous donne déjà un ton, ça vous programme tout un parcours avec embûches et tristes noëls, programmez votre vie, demandez le programme avec les esquimaux : radio et chansons d'Aznavour, tu t'laisses aller, ensuite école de l'aviateur, on s'envole mais on se casse vite la gueule, après c'est Jean-Jaurès assassiné, sémiotique ique ique, cherchez les signes, voulez-vous bien... Entracte : le grand Meaulnes brisé et ses rêves crépusculaires... Lucy Fair... ah! Mado, Mado, pourquoi encore Mado puisque maintenant il y avait cette docteure rousse? Si, au moins, elle pouvait enlever tous ces bidules qui me gênent, et m'offrir une cigarette, celle du condamné, l'humour, n'est-ce pas, c'est aussi à partir de là que l'on trouve de la tendresse... Il pensa que malgré tout il avait surmonté bien des épreuves et que probablement sa fée Gaffe l'avait protégé pendant le long temps des années. Elle avait dû se lasser à la longue, ou il ne l'avait plus écoutée, que d'une oreille distraite comme un fond sonore. Il n'était pas si mal après tout, mis à part tous ces bidules et cette sirène, l'infirmier avait une bonne bouille de père de famille de gauche. Ça fait toujours plaisir de rencontrer quelqu'un de gauche, surtout aujourd'hui où l'on n'arrête pas de vous répéter que gauche et droite c'est du pareil au même. Permettez monsieur, nous ne sommes pas tout à fait d'accord. Enfin, c'est pour passer le temps que je vous dis ça, parce qu'au train où déboule cette ambulance, ça ne va pas durer très longtemps, de toute façon vous avez peut-être raison, des cons et des salauds il y en a à gauche comme à droite, un peu plus peut-être à droite, vous dites ?.. Non, il était bien avec ce pater des familles et cette rousse magnifiquement Kildare avec son stéthoscope au cou, comme un collier de la reine qu'il aurait aimé embrasser. Il aurait souhaité faire sa connaissance, prendre un rendez-vous si Mado n'avait pas été trop ancrée dans ses rêves. Toutes ces histoires dont il n'arrivait plus à faire le tri. Ça poussait le portillon pour arriver à l'heure sur le quai. Ticket de quai égaré. L'écriture, sa bouée de sauvetage. Un homme à l'amer. Oui, mais des lettres à foison... Il ne se fatiguerait jamais de répéter que tout avait commencé par une après-midi d'automne pluvieuse — l'après-midi pour lui était douce et féminine — quand sa maîtresse préférée leur fit faire une dictée. Rousse elle aussi ? Madame Bonnefoy ? tiens, vous croyez ? il la revoyait plutôt châtain foncé, blond vénitien, mais rousse, pourquoi pas... la première dictée de sa vie, ça marque... et ça parlait de marais, de brouillards, de vent dans les branches... c'est là qu'il avait eu envie d'écrire lui aussi des trucs comme ça, d'exprimer ces choses qu'il entendait d'une façon si précise et si floue en même temps... si belle... la voix dictait... marais, brouillard et vent dans les branches, de la nature en vrac, lui qui vivait à la ville...

Que disent-ils ? c'est la rousse qui a parlé ? non non non tu n'iras pas danser, sur le pont du nord un enfant s'est noyé... Quelque part, on appelait cela du lyrisme et ça rimait avec tendresse et tristesse. Faute à la dictée, alors... Le jeudi, il y avait garderie et quand il pleuvait, on regardait des films, Buster et Charlot, Laurel et Hardy ou les invasions des martiens... il aimait bien Buster Keaton, encore un tendre... s'il faisait beau, on allait se promener en forêt... tout ce que racontaient ces zécrivains, Maupassant, Bazin, Ramuz, Colette, Delarue-Mardrus, avec leur truc de vous présenter les choses du paysage, et du dedans, en glissant sur les mots comme s'ils avaient eu des patins, virevoltant sur la glace, tous ces mots à la queue leu leu le touchaient profondément, le laissaient rêveur, le faisaient se sentir différent des autres. Il s'éloignait des jeux de ses camarades pour s'échapper, seul, au fond de la cour, à caresser les branches des platanes, ou au fond de la classe, se rapprochant timidement de l'armoire où se trouvaient les livres de la bibliothèque. Jeune garçon béat, benêt, deviendra grand et imitera tous ces grands zécrivains... Il suffirait de dénicher un bout de papier blanc, une feuille comme il faut, un crayon, une plume, de l'encre, prendre un air inspiré, lever les yeux vers le ciel et penser aux choses de la nature, marais, arbres, brumes... Un peu plus tard, il fit une autre découverte, faute à qui ?, il suffisait de ne pas aller à la ligne, en comptant sur ses doigts, on formait plein de petits quatrains et on pouvait dire les mêmes choses, faute à qui ? à la poésie, madame...

Mais que dit-elle, que répète-t-elle, la rousse docteure de mes sparadraps passés, pourquoi cette angoisse dans sa voix ? mal, il va mal.... juste un susurrement... à peine articulé le mot mal... il connaissait... pire aussi... le cœur... quoi ? qu'a-t-il mon cœur ? mon pauvre cœur, une vie qu'il souffre ce cœur, une vie de mal au cœur, de mélancolie... Musset le doux, le tendre Prévert et la servante de Baudelaire dont vous étiez jalouse toujours, ah ! Mado, Mado !... mon cœur, mon pauvre cœur... et le buffet de

Rimbaud, fouillis de vieilles vieilleries... la Velléda écaillée de Verlaine et puis une corneille sur une racine bois l'eau de la fontaine, Maurice Carême, vous connaissez, ou à la trinité... ne revient plus... j'en ai marre, marabout...

# 2.

« Et l'amère nostalgie des soleils de son enfance. »

Georges Henein.

Depuis toujours il a su qu'il ne serait capable que de tenir entre les doigts un crayon, une plume plus exactement, depuis le jour où un maître, tablier gris, lui a montré comment tracer des bâtonnets, sans faire de taches, quoiqu'il aimât les taches d'encre et l'odeur de l'encre et les plumes et les buvards. La première lettre fut vite tracée, puis vinrent les vingt-cinq autres et plus tard les dictées. Et les lectures qui vont avec. Une maîtresse alors, un premier étage. On grimpe les étages comme les étapes de la vie, comme Anquetil le Tourmalet, en transpirant, vers le haut, vers le gris du ciel, parce que le ciel faut-il le dire, à part quelques journées de juin et de juillet, était la plupart du temps bleu grisaille. Il sentait que ses parents parlaient une autre langue que lui, que ses camarades d'école, avec leurs moqueries, appartenaient à une autre race et que le silence qui le tourmentait quand il écoutait la voix de la maîtresse lire des pages intenses de brumes à venir, de moissons, de foins à rentrer, de visages expressifs, de paysages mordorés, de vie qui palpitait à chaque phrase, de tristesse aussi, ce silence le poussait à son tour à tracer des phrases, imitations maladroites qui toutefois avaient la capacité de le faire rougir. Il écrivait comme un écrivain. Une fois il n'alla pas à la ligne, il se sentait tel un nouvel Hugo, qu'il venait de découvrir le matin avec un autre poète, un certain Apollinaire et ses dromadaires. Qu'était-ce ce mystère qui l'enveloppait et l'éloignait des autres, le transportait ailleurs, hors de la classe, hors de la cour de récréation, hors des murs familiaux ? Là-bas vers le vent, vers l'indicible qu'il ne comprenait pas. Il se sentait des affinités avec la maîtresse pour qui il composait des dictées, un journal, et plus tard avec les professeurs de français. Les autres non, aucun lien avec le prof de maths, odieux personnage au tablier bleu qui sentait mauvais, qui donnait des gifles et tirait les oreilles. Aucune prédisposition pour les chiffres. Les mots. Oui, rien que les mots. Mais à quoi cela rimait-il ?

Le soir dans son lit, il se laissait transporter par les mots. Chez lui, on ne parlait pas de cela, ni de livres ni de rien d'autre, à part du quotidien qui coûtait cher, il ne fallait gaspiller ni argent ni temps. Pas d'âneries. On se devait de travailler durement pour obtenir des résultats et ensuite aider de son labeur les économies du foyer. Mais il était déjà l'étranger, l'étranger du port, l'étranger des nuages, l'étrange étranger. Les devoirs faits sur la table de la cuisine, en formica des meilleures années du boom, il rêvait qu'il n'était pas là, que dans sa maison il y avait une grande bibliothèque, qu'il aurait pu s'y glisser pour lire autre chose que ces lectures imposées, c'est de ton âge, les mickey. Heureusement il y avait les prix à la fin de l'année et les quelques livres qu'on lui prêtait. Verte ou rose. Et puis des illustrés achetés aux Puces de Clignancourt, qui l'emmenaient au loin. Les gosses riches de sa classe avaient de beaux stylos, des critériums et plein de livres chez eux qu'ils n'ouvraient jamais, préférant les mickey. Il comprit vite qu'on a toujours ce que l'on ne désire pas et que l'on désire toujours ce que l'on n'a pas. C'était ça la vie. Une partie de douleurs et de désirs. Dans sa classe, il y avait les cons et les conditionnels. Et en général les cons étaient des deux côtés, riches ou pauvres, aucune importance, l'argent n'est pas raciste en connerie. Alors le silence et la poésie. Et l'écoute. Ce que les grands disaient autour de lui, pas grand-chose en fait, des banalités, le temps, avec toutes les nuances possibles, il va pleuvoir, couvrons-nous bien, les fins du mois, la politique, les programmes télé. Lumumba massacré, Ben Barka kidnappé... Ses parents n'avaient pas de bibliothèque, à part un ou deux livres récupérés dieu sait où et qui ornaient une petite étagère dans le couloir, mais la télé si. La première dans le coin. Ou la deuxième, plus probablement. On se réunissait chez eux pour la regarder. Mais lui ne voulait pas être spectateur, ce qu'il voulait c'était être lecteur. C'est pour cela que plus tard il n'a jamais pu se débarrasser d'un seul livre et qu'il les a accumulés toute sa vie, d'un déménagement à l'autre. Le choix. « Je sais que la douleur est la noblesse unique / où ne mordront jamais la terre et les enfers... », écrivait Baudelaire.

Parmi tous les métiers qu'il dut faire pour vivre et gagner sa vie honnêtement (peut-on gagner sa vie honnêtement ? se demandait-il souvent) il fut traducteur. Puis écrivain, pour lui et ses tiroirs. Rira bien qui rira le dernier. Plus tard, beaucoup plus tard, il publia un livre qui lui fit flancher le cœur du mauvais côté et le remplit d'un profond désarroi.

Il apprit la joie des mots et l'amertume des jeux de mots. Quand un mot glisse, il se fait mal et il fait mal.

Il apprit la douleur des mots. Il apprit aussi que les mots blessent quand ils sont mal dits. Les adultes les employaient à tort et à travers, et sur leurs fronts les rides se creusaient. Il avait un mot qu'il chérissait par-dessus tout, c'était le mot mélancolie. Et un mot qu'il détestait : magouilles.

Il redevint traducteur. Il supportait mieux la douleur des autres que la sienne, du moins il la comprenait et savait la traduire. Les gens avaient de mauvaises habitudes, il évita les gens. Il se terra au fond d'une solitude, il avait apporté de la lecture avec lui, il avait le temps. Enfin, c'est ce qu'il croyait. Alors il posa le livre qu'il tenait entre ses mains et s'en alla de par le monde, histoire de vérifier de ses propres yeux. Il n'avait pas trop confiance en ce qu'il voyait, il avait tendance à embellir. Une flaque d'eau remplie d'essence noire était un étang où se posait une feuille pour y naviguer. Une larme était de l'eau salée qui coulait sur les joues des femmes, il aimait les femmes. Il les aima. Personne ne le lui reprocha. Sauf son cœur qui avait trop de mal à le suivre et qui s'égara bien souvent aux carrefours des pluies. Il décida de rentrer car il avait perdu trop de temps mais une main l'arrêta et lui vendit du bonheur à bon marché. Personne ne lui avait appris qu'il fallait se méfier. Il céda, se laissant transporter. Ces journées furent bercées par la poésie, coquetèles de poèmes à foison à avaler les soirs de rencontres, mais cela n'a pas suffi. Dans les couloirs des aléas, la douleur a pénétré à grand pas.

# 3.

« Un soir je rentrerai comme d'habitude
à la maison et un peu étonné m'aperce-
vrai enfin que je ne suis plus là. »

Claude Roy, *Sais-tu si nous sommes encore loin de la mer ?*

... Il aurait aimé écrire un roman. Ah ! s'il avait été un romancier comme il faut, il aurait pu caser son *je* au premier marchand de bonheur de passage et placer une troisième personne du singulier, au féminin, par exemple, de façon à avoir sous les yeux le couple idéal... Ce qui rendait le tout difficile, quand on voulait être écrivain, c'était bien sûr d'avoir une histoire à raconter. On ne pouvait guère avancer si l'on ne savait pas trop où aller. Il aimait bien ce *l* apostrophe devant *on*, il aurait pu dire si on ne savait pas, mais l'élégance du *l* l'attirait. Il en mettait partout. L'écriture comme une bouée de sauvetage.

Un premier chapitre, par exemple, *adagio*. Il avait traversé le détroit avec le ferry-boat et s'était assis auprès d'une jeune fille noire. Belle.

Très belle, souriante et indifférente, qui parlait à une amie. Il avait lu sans vraiment d'intérêt un livre qu'il avait dans sa poche et une fois débarqué il avait décidé de rentrer. Au supermarché, il rencontra cette même jeune fille qui fit semblant de ne pas le reconnaître, tandis qu'il passait ostensiblement devant elle en poussant son caddie. Rien à faire. Plus tard, et on aurait pu penser à du Queneau, il revit cette même jeune fille au vernissage d'une expo de peinture. Cette fois-ci, au buffet, il aurait pu lui adresser la parole. Puissance du conditionnel. S'il avait voulu...

Il s'imagina alors qu'ils partaient ensemble en voiture pour la raccompagner et que, finalement, il avait décidé de l'emmener à la mer. Depuis que ses amis s'étaient envolés, il écoutait la musique tout seul dans sa voiture. Il s'était même acheté l'ipodàlamode et l'avait rempli de chansons qu'il avait aimées. Mais il ne pouvait plus les commenter avec l'un ou l'autre de ses chers disparus. Tu vois, mon vieux, c'est quand nous sommes partis à la mer, dans le train, ou plutôt à la gare, tu t'en souviens ? nous étions assis par terre sur nos sacs à dos et tu jouais ce morceau à la guitare, c'était *Sympathy* des Rare Bird, les gens nous regardaient d'un drôle d'air et nous nous en moquions, n'est-ce pas ? Il pensait que s'il partait avec cette fille dans la voiture il n'aurait jamais pu lui raconter ça. Tu vois, cette chanson me rappelle un bar d'Amsterdam où il y avait eu une bagarre, je me souviens que tous les matins le barman mettait ce disque de Cat Stevens et je buvais dans ma solitude glaciale mon café-crème. Sad Lisa oh sad Lisa. Elle l'aurait écouté bien gentiment pendant les trois premières chansons et puis elle aurait probablement pensé, ouf qu'il est ennuyeux ce type, un peu marrant mais pas trop avec ses souvenirs, et puis cette musique est un peu chiante, moi je préfère que l'on parle de moi, qu'il me baise à la limite, pas qu'il débloque la larme à l'œil.

De toute façon, il avait bien vieilli puisque même les barmaids ne lui souriaient plus comme avant.

Il y avait ce souvenir qui lui revenait chaque fois qu'il écoutait l'Adagio d'Albinoni. La musique la plus écoutée et la moins écoutée. La musique classique des pauvres avec la Sonate à Élise et les Jeux interdits. Pour les pauvres des années 60 et 70. On vous l'offre au Monoprix de votre cœur, vous pouvez l'envelopper, tenez, en prime le Boléro de Ravel et le Clair de lune de Beethoven (bite au vent, disaient les vendeurs à l'électroménager). Comme ça, vous ne direz pas que l'Art avec une majuscule ça n'appartient qu'à nous. Même au peuple, s'il le veut, gratuit ou presque. C'était tellement populaire qu'on n'osait plus l'écouter l'Adagio. Dire à quelqu'un que tu aimais l'Adagio, ça voulait dire qu'on allait se foutre de ta gueule dans les cinq minutes. Alors se taire. Se terrer au fin fond du canapé. Les plus malins avaient dégoté des sonates d'Albinoni numéro op. quekchose, ils glissaient ça entre un Buxtehude et un Scarlatti, parfois Vivaldi. Ah les Quatre saisons, mais non voyons, il n'y a que les pauvres qui écoutent ça, ça fait très pizzeria. Non, Vivaldi l'Estro Armonico, avec des majuscules italiennes, siouplait, la Follia trucmachine, ah le prêtre rouge. Bref, lui chaque fois qu'il écoutait Albinoni et ses sanglots violoneux, il se revoyait en train d'arriver dans le froid d'un matin blême à la gare de Padoue. À l'aube, dans la brume et la neige, ou la pluie selon l'époque, mais toujours ces violons qui remontaient le silence et le col de son manteau tandis qu'une profonde mélancolie des cœurs s'annonçait.

... Un deuxième chapitre alors, *mosso con sentimento...* Il avait toujours eu ce genre de talent, il le savait, tout petit déjà, c'était un don, un côté tchin-tchin, avec les divinités. Un contact direct, une ligne ouverte 24 h sur 24, nuit et jour, pluie ou beau temps, les divinités étaient là pour accepter et exaucer ce qu'il demandait. Il s'en souvient... même qu'un dimanche après-midi la petite famille revenait d'une randonnée dominicale... Il n'était pas vraiment à son aise, c'était le genre de journée qu'il détestait le plus, et en sus il avait toujours mal au cœur, et le père s'arrêtait sur les bas-côtés de la nationale, dans les talus, pour le faire vomir et ça l'énervait le père, tandis que la mère disait allez petit dépêche-toi sinon papa va se mettre en colère, non, le dimanche ce n'était pas vraiment son jour, dans la dauphine. Serrés comme des anchois, avec ses sœurs, à trois derrière comme les éléphants et deux par le toit ouvrant, des bêtises... L'aimait pas ça. Il fallait bien après la messe, le poulet frites et les mille-feuilles du dimanche, il fallait, avant le pot-au-feu du soir, se mettre en route, pas moyen d'y échapper. Pourtant, il aimait la campagne, mais c'était cette histoire de réunion familiale avec les oncles, les cousins, tous plus malins les uns que les autres, les copains de papa, drôles à pisser du nescafé sur les chaussettes blanches de sa première communion, bref, cons comme des balais... les tantes, un brin rassurantes, un peu trop tout de même... et tout ce vomi dans les talus... enfin le dimanche ce n'était pas ce qu'il préférait. Un jour, au cours de ces randonnées dominicales, à une station-service (finie la gordini, c'était désormais l'aronde), son père a regardé un type garé en face de lui, et il a dit : maman (le père disait maman à sa femme... pour beaucoup moins, Œdipe en aurait fait tout un drame) t'as vu c'est Machin Duschnock. Pas vrai. Mais si, j'te jure, c'est bien lui. En chair et en os. Machin Duschnock était un acteur de ciné célèbre qui avait aussi tourné quelques films pour la télé, mais rien de terrible, ce n'était pas un poète, ni un inventeur de vaccins, ni un musicien, mais pour son père c'était quelqu'un, un type qui passe à la télé, non mais... tu plaisantes ! un as, un vrai de vrai ! un con quoi ! avait-il pensé, en haussant les épaules. Le fait d'être contenu dans un rectangle en noir et blanc ça les rendait débiles et ceux qui les regardaient plus encore. Son père faisait partie de ces derniers, débile à point. C'est lui, j'te dis. Mais non. Si. Non. Bon, tant pis ! Pardon m'sieu c'est bien vrai qu'vous zêtes Machin Duschnock ? Ouais et alors ? Ça l'avait rendu d'un coup silencieux. Merde ! pas aimable Machin, l'aurait pu nous sourire, nous signer un autographe, chépas, nous dire bonjour, ouais et alors... et pis le Machin, vachement machiné, avait continué, vous m'emmerdez à me regarder comme ça, on n'est pas au zoo... Là, son père il n'avait pas apprécié, pourriez être poli, y a les gosses, m'en fous d'vos gosses, chuipa-z-une curiosité. Et vlan ! la portière, même que le type de la pompe n'était pas très content non plus. Drôle de zèbre, Machin. Son père faisait une drôle de gueule, sa mère se taisait, forcément. Eux, derrière, ne mouftaient pas. On n'entendait même pas les mouches et il y en avait puisque c'était la belle saison. Du coup au virage suivant, quand l'aronde a doublé la DS de Machin, garée près d'une auberge, il lui avait fait un signe de la main accompagné d'un *bye-bye*, qu'il avait lu dans les livres. Ce *bye-bye* avait été entendu par sa déesse préférée et le lendemain, aux infos du matin, alors qu'il se brûlait la langue avec le banania trop chaud, le spikère avait annoncé que le célèbre Machin Duschnock était mort à la suite d'un accident de la route. C'était lui qui avait voulu. Et la déesse qui l'avait écouté.

# 4.

> « Il joue avec le vent, cause avec le nuage / Et s'enivre en chantant... »
> Charles Baudelaire, *Bénédiction.*

Le mot lui avait échappé, il s'en souvient. Pas moyen de le rattraper. Il aurait pu faire rapidement le tour de la question, il suffisait même de quelques gambades bien soutenues par l'effort en question, inutilement... De quoi, de quoi avait-il l'air devant sa belle indifférence charcotienne ? Faire semblant de rien... pourtant le mot a été lâché et pas gros, plutôt petit, quoiqu'important, suivi d'un sujet et d'un verbe pronominal au futur proche : tuer, je vais me tuer...

Comme cette maudite douleur à la jambe, incessante, qui le tue, le supplicie. Il divague, patauge dans les pâturages marécageux du délire. Et cette sirène déambulante qui déchire le plafond de la nuit... de sa nuit...

... et ce n'est pas, il l'espère, encore son dernier mot, il l'a dit comme ça... sans y penser vraiment, comme quand on cherche dans ses poches une cigarette que l'on ne trouve pas parce qu'on a arrêté de fumer depuis longtemps, distraitement. Pas de « crénom » baudelairien, ni les « etcetera etcetera » d'Antonin, ni « je désire me trouver de bonne heure à bord dites-moi à quelle heure », ni même « ma sœur ma sœur » d'Arthur, ni « docteur, ne trouvez-vous pas que j'ai l'air d'un coq, d'un Aïssaoua, d'un convulsionnaire ? » qui efface l'écrit « brûlez par conséquent » de Stéphane. Il en faudrait des mots comme ça, des derniers mots, mais pas moyen à cette heure-ci d'en trouver et ils seraient déplacés. C'est bien de mort qu'il s'agit mais il ne faut pas exagérer, je ne vais tout de même pas mourir à cause d'elle, ni elle à cause de moi. La fin d'un amour n'est pas la fin d'une vie. Ou presque pas. Et de toute façon nous avons plusieurs vies. La fin des zaricots de toutes les ruses. Des asticots à foison sur le cadavre de notre amour. Corpus inanimé. Exsangue. Ex. Exit. Par exemple.

Ah ! le petit bruit de la machine à écrire qui arrive au bout de la ligne sans pouvoir y placer un dernier point de suspension. Tine. Le bruit du jeton qui glisse dans la petite fente du téléphone.

Kling. Le bruit de l'œuf sur le comptoir. Cloc. Le petit bruit de pan jaune que fait le paon sur le perron de je ne sais plus quel film bunuellien. Koin. Le bruit des roses d'un chanteur des années soixante. Fiche. Le bruit du cœur au premier rendez-vous. Bong bong. Le petit bruit de la fermeture éclair de la jupe qui glisse. Zip. Le petit déclic du soutien-gorge. Klic. Le bruit infini de la solitude du jeune homme à cinq heures du matin dans son grand lit, seul, à se poser l'éternelle question. Où est-elle ? Où est-elle cette éternelle femelle qui doit se vautrer elle aussi, à cette heure-ci, dans un lit immense en attendant son prince charmant ? Et puis l'éternel féminin, devant l'éternel, priez... On se rencontre au cours d'une promenade ou d'un défilé ou d'un cours ou d'une fête ou d'un mariage ou d'une soirée. C'est toi, c'est moi. On se reconnaît. Jauger les mines déconfites. On se flaire. Les mêmes odeurs, les mêmes goûts, Vivaldi, moi aussi, ne me dites pas les Quatre saisons, n'y allons surtout pas par quatre saisons, dites-moi les sonates pour violoncelles et basse continue. Oui, les sonates. Et Picasso, ne me dites pas les demoiselles dites-moi... et Beethoven... surtout pas la cinquième mais les trios, ouais… c'est bien ça les trios, et pas Van Gogh mais Cézanne et pas Corneille mais Racine et pas Phèdre mais Bérénice, ouais… j'allais vous le dire, c'est dingue non ? tout à fait… et surtout pas Picasso mais Morandi, ah bon ? Dizzy ou Charlie ? Godard ou Truffaut ? alors là je vais vous choquer mais le cinéma des années 50, non ? si si si… et pas Verlaine ni Prévert mais Baudelaire et Valéry. Beatles ou Rolling Stones ? Dylan ou Donovan ? Foot ou rugby ? Anquetil ou Poulidor ? Judo ou karaté ? Mer ou montagne ? Ciné ou théâtre ? Noir et blanc ou couleur ?

Deux cœurs, une cabane, un cabanon, dans la banlieue on s'installe vite, petit pavillon de nos rêves, une vie peinarde, pantouflarde, non, non, non. Des voyages, Maroc, Seychelles, Tanzanie, USA, Tibet, t'es dingue, plus simple, Florence, Venise, Rome, Amsterdam, Londres, Prague, des amis, chiants, des mômes, pas maintenant, des paquebots, plutôt des Boeings, des souvenirs, des souvenirs pour plus tard, des diapos, des photos, des restaus, des îles grecques, des plans dans les années quatre-vingt, des emmerdes, des rentrées, des ouikindes à Honfleur, des étés au Pyla. Apocoper forever…

Un aller simple s'il vous plaît. Première. Sans retour. Et le petit bruit du compostage sur le quai des au revoir. Sbreing. Déchirant.

Il aimerait bien y croire à ce truc du papillon. Un coup d'aile et de l'autre côté des océans les cataclysmes s'accumulent, la nature soudain se déchaîne. Et après tout, pourquoi pas ? Quand il était petit, lors d'un de ces tours en famille, aronde et mal au cœur, il avait fait la connaissance d'une petite-cousine à la lointaine qui avait une vilaine cicatrice sur son visage. Son visage beau et délicat. Quelqu'un, une tante ou une cousine plus âgée, lui raconta qu'elle s'était penchée par la fenêtre d'un train, et que quelqu'un avait lancé une bouteille par la vitre. La petite cousine l'avait reçue en plein dans la figure. Défigurée. Il se souvenait également et vaguement de ces formules magiques, è pericoloso sporgersi suivi de nicht trallalen trallalen et de it is not pollock pollock... verboten... it is dangerous... surtout pas se pencher au-dehors..., inscrites en lettres de feu juste au-dessous de la vitre. À l'époque, les trains n'étaient pas des lieux fermés, où l'on ne se parlait pas, on pouvait encore saluer jusqu'au dernier moment quelqu'un sur le quai, lui effleurer la main, la main de l'adieu.

La main du diable aussi, puisque la petite cousine avait reçu cette gifle du destin en verre pilé. Comme, tout petit qu'il était, il était également croyant, dans le sens où l'on lui avait fait croire à des tas d'histoires, il s'était dit bressonement que le diable probablement ou que le bon dieu savaient pourquoi, savaient peut-être des choses que nous ne savions pas, et lui encore moins... Quelques péchés non confessés qui lui avaient fait recevoir cette baffe en plein visage. Johnny chantait à l'époque *Poupée brisée*. Il avait lié, bêtement les deux choses, cette cousine était elle aussi une *poupée brisée*.

Déjà romantique tardif à cet âge-là.

Plus tard, il s'était souvent demandé, lors de ses rêveries de solitaire promené par son chien, pourquoi cette bouteille avait été lancée au moment où la petite cousine se penchait dangereusement par la fenêtre. Un coup du papillon du Mexique ?

Il se faisait attentif, et des idées.

Lors de ses lectures dangereuses dans une

presse de plus en plus avide de faits divers, il avait découvert qu'un certain Peter Paul avait tué une petite Mary en entrant précipitamment dans un drugstore et en tirant sur la foule. La foule l'avait vu venir et s'était tirée, rudement vite même, of course, s'était cachée. La seule qui rêvassait devant les boîtes de lait condensé, la petite Mary justement, à peine vingt ans au fin fond de l'Arkansas, avait reçu en pleine poitrine, si émouvante pourtant, plein de petites balles qui l'avaient illico tuée. Morte, l'espace d'un matin, suivi au trot par le dit Peter Paul descendu par un brave flic qui passait par là et qui n'avait pas hésité ou juste un peu trop tard. Il s'était dit que l'Arkansas n'est pas très loin du Mexique et que probablement le papillon avait battu ses ailes au moment même où la petite Mary allait se baisser pour prendre un échantillon d'aspirine mais, inexplicablement attirée par le lait condensé, elle était restée là sans bouger.

Les profs, le curé, et monsieur Jacques Diderot l'avaient bien dit : c'est le destin. Ou le papillon.

Il avait lu aussi l'histoire de cette gamine, tuée en Sicile, pour avoir découvert dans la poche d'une chemise un carnet bourré d'adresses de mafieux. Elle avait eu la malchance de découvrir que le monsieur qu'elle croyait être un ingénieur, était en réalité un bandit recherché par toutes les polices, mais que la police du coin avait oublié de voir. Un mois auparavant, quand elle avait vu l'écriteau accroché sur la vitrine de la blanchisserie : cherche apprentie, pourquoi n'avait-elle pas tourné la tête de l'autre côté pour regarder un garçon de son âge ? Pourquoi avait-elle poussé la porte du magasin et accepté la place ? Toujours le papillon ?

Minute papillon... papillons qui ne dorment jamais, même pas la nuit, dans cette nuit ambulante et douloureuse, cette balle dans ma jambe, encore ce foutu papillon ?

... Assis au fin fond de cette cafétéria de l'immense centre commercial nommé dieu sait pourquoi les Vagues (question d'âme probablement), centre où se réunissaient désormais toutes les strates de la superbe société dans laquelle inéluctablement nous cherchions à survivre par tous les moyens. Ne pas succomber aux affres de la vie moderne, trop moderne, trop distante de notre enfance passée. À ne plus savoir vraiment où l'on en est, un peu comme si nous avions pris un train en marche, en sautant vite fait sur le marchepied, au vol, en essayant de ne pas trop se casser la gueule, sans s'apercevoir qu'en cours de route quelqu'un avait modifié les paysages, les gares, les parcours, même les rails. Du délire en quelque sorte, hallucinatoire. Nous nous étions embarqués pleins de bonnes résolutions en petits mousses avertis pour en valoir au moins deux, gare à la courte paille, gare aux capitaines moustachus, aux icebergs trop glissants, ohéohé matelot et nous avions débarqué dans une sorte de casbah du superfétatoire, un port de personnes détachées réitérant à longueur de journée des échos de banalités. Sans salut ni avenir, un trou de verdure au fin fond d'un continent à la dérive. Et la musique douceâtre soluble dans l'air méphitique. Le monde avait bien changé, nous n'étions pas assez au courant. Ou plutôt le courant ne passait plus. Panne. Pouce, je ne joue plus. Je veux descendre. Je dis nous, au fond, pour universaliser les drames, un peu à la Baudelaire « et nous verse » à la renverse. Finies les galipettes dans les foins, accrochez vous bien, attachez bien vos ceintures, prenez un air grave, il va falloir faire gaffe. Pas de répit pour les petits. C'est mon tour maintenant, vas-y toi sur la fusée, moi j'veux la diligence...

Le mot lui avait franchement glissé du bout des lèvres. Mot de passe ? je suis un con. Répétez, dit le maître. Con con con. Aucun cil de la divine n'avait subi de frémissements notoires. Pas une brise dans le coin, sous le khôl, pour émouvoir, ne serait-ce qu'un instant la belle indifférente. Et maintenant après qu'une quinzaine d'anges venaient de passer en twistant les minauderies princières de la bêtise masculine, il en était là à ressasser son verbe, transitivement réfléchi, tuer, à se tuer, à s'évertuer. Il devait maintenant mettre en acte sa promesse, pour ne pas terminer son existence de con en ridiculement con... Respire. Et tout ceci pour une fille qui n'était même pas son genre. Une fille qui lui avait fixé rendez-vous, après toute une série, ces derniers temps, de lapins, de civets, de soirées mornes, dans ce lieu *hyper* moderne où se retrouvaient les deux tiers de la population et où la vie se déroulait d'un rayon à l'autre. On jasait, papotait, repassait, s'engueulait, se fricotait, se regardait près des faïences en fleur, se rétablissait près des rétameurs, tournait en rond près des empêcheurs. Les vagues annihilatrices noyaient tout désir, rien qu'en montrant du bout des doigts on devenait de futurs acheteurs.

Il la regardait. Elle ne disait rien. Après un mois de silence et de lapins sautés, elle lui avait téléphoné avec des tas de petits okêts à la queue leu leu pour l'inviter cet après-midi à la cafétéria, et non pas pour faire catleya, ni même pour raccommoder ses chaussettes, mais simplement pour lui donner à jamais son congé. Il adorait penser qu'avec tous ces lapins, elle courait peut-être deux lièvres à la fois. Et que lui était celui de la fable. Elle, la divine, nommée Lucy Fair avait décidé que le jour des adieux était arrivé. Bye-bye à la baille ton big love. Okêt ? Il était là à gémir, coincé près d'un kentia mélancolique et jauni de douleur. J. F. quitte V. M., mec pas si vieux que ça, pas vioque, mature plutôt voire mûr, tempes grises où prier l'éternel en quelque sorte. Complètement brimé par ce silence hautain, un chouia dérangé par les haut-parleurs qui passaient une musique nouille-âge assez proche du dégobillage. Lucy Fair la divine, du haut de ses talons aiguilles et de ses trente-deux ans et demi licenciait d'un geste de la main, d'un coup d'éventail, d'un vase brisé, d'un souffle léger, du bout des lèvres, son mec, le sien, son Lucien ex-jeunesse, son Marcel cédant, vétéran de la connerie masculine, à jamais survivant de la perte de son enfance...

Bon, maintenant que le mot avait été lâché, que la belle allait se faire la belle, sans revanche et sans belle d'ailleurs, il fallait obtempérer et se donner un délai. Se tuer. Facile à dire, mais à faire ? Dire c'est faire, écrivait le philosophe anglais, Lucy Fair aussi avait (nomen omen) intérêt à faire ou à dire quelque chose pour éviter l'esclandre qui avait l'air de hausser le taux d'humidité de l'air. Larmes sur toute la région nord. Risque de verglas, méfiez-vous, sagittaires, vous pourriez vous casser la gueule. Soyez brefs, élaguez vos sentiments sur le papier. Tuez-les en quelque sorte, c'est tout ce qu'on vous demande. Brouillards à venir. Avenir noir, gris et confus. Ivre mort. Elle n'avait pas vraiment le sentiment que quelque chose allait se produire, c'était plutôt une sensation assez désagréable au niveau de l'épiderme, une chair de poule fastidieuse, elle en était légèrement gênée. Voyons, calme-toi, avait-elle murmuré de sa belle voix rauque. Calme-toi. Facile à dire, même à murmurer. À faire, c'est autre chose. Des anges indiens défilèrent, certains fumaient le calumet de la paix, mais Lucy n'avait aucune intention de se remettre à fumer. La santé avant tout. Calme-toi voyons... Ce voyons indigeste comme un coup de poing dans l'estomac à vous faire vomir café et croissant, service compris. Il ouvrit la bouche. Il se sentait un peu ridicule, un peu comme quand, tout petit, il faisait pipi dans sa culotte.

Qu'est-ce que la vie ? ce n'était pas le bon moment pour ce genre de question, comme s'il avait été au fond d'une classe terminale en compagnie de camarades boutonneux, interrogé par la prof, Madame Lætitia Lacrimet, incapable de répondre. Dans ses yeux, il voyait l'enfer, alors qu'il y a quelques mois il y voyait le septième ciel, le paradis express, prochain arrêt le nirvana. C'était peut-être ça la vie, une balançoire de douleurs et de joies. L'amour d'une femme et le désamour de la même sans explications. Il n'allait quand même pas s'éterniser sur ces questions impossibles à démêler, comme les grilles des mots croisés de l'Obs, il avait mieux à faire, les petites annonces par exemple. Pourtant, et c'est cela qui rend la connerie de l'homme immortelle, quelque chose dans le regard de Lucy le poussa à lâcher le second mot douloureux. Alors que la belle captive devenue fugitive, du haut de ses talons hautains et de son indifférence, allait bientôt s'éloigner vers les méandres d'autres existences particulièrement masculines, ce mot lâché malencontreusement la fit revenir sur ses pas, lever le nez, hocher la tête, hausser les épaules, battre les cils. Assassine. Ouais, assassine, t'a pigé, t'es une assassine, cria-t-il. Les gens se retournèrent. Ça la foutait mal, trente-deux ans et déjà assassine, ce n'était pas joli joli. Elle le tuait. Et elle le savait. Et les gens aussi comprenaient. Les gens pigent vite surtout quand il ne s'agit pas de leurs oignons, ni de leurs glandes lacrymales. Il n'y a que les cons attardés sur les derniers bancs d'une classe de terminale qui ne comprennent pas et se font sortir illico par mâme Lætitia Lacrimet. *Sunt lacrimae rerum.*

Elle revint donc la jeune fille, et lui claqua la main sur la joue, fortement, vertement — dramaturgie adverbiale — audacieusement. Lui qui n'était pas une petite nature en eut tout de même les larmes aux yeux. Les gens firent ooooooh, et les talons aiguilles s'en retournèrent vers la sortie, laissant le kentia désemparé, tristement sec et son cœur outrageusement blessé. Déchiré. Anéanti. Brimé. Paumé. Confit. Défait. Cyniquement détruit, bousillé.

Évidemment dans ce genre de mésaventure, le metteur en scène trace des lignes bien nettes et décide de reprendre l'histoire du début. Comment en était-on arrivé là ? De ses tétons, pétons que je tâtais à tâtons, qu'un pâle souvenir. Et bien non. Pas mon genre. M'en fous. Kaputt mein lieben story d'amour. Passons à autre chose. C'est aussi cela la vie, on ne s'éternise pas trop sur la pérennité des défaites, branloire parfaite, on tourne les pages du petit Larousse et hop la vie recommence. Ou commence. Cela dépend du point de vue. Une fois ses larmes essuyées, bu une vingtaine de verres contenant une vulgaire liqueur très à la mode, on ferme le cinoche, une fois les consommations réglées, une fois arrosé le kentia de ses pleurs, vite, il se remit en route. Sorti du centre commercial, il se prit la tête qui tournait un brin dans les mains et se rétama sur le trottoir. On lui tirait dessus. Franchement. Sans ah ni oh. Il glissa le nez dans le ruisseau, d'après ce qu'on raconte… la faute à Rousseau…

## 5.

« Belle lurette que la vie n'est plus drôle. »
J.-P. Martinet,
*Au fond de la cour à droite.*

Bon, il était là sur le macadam à rêver de cow-boys et d'indiens vengeurs en se demandant si la tache rouge qu'il avait près du genou lui appartenait ou pas, ou si ce tas d'hémoglobine n'était que le fruit répandu du jus d'une livre de tomates que la dame couchée près de lui avait laissé choir lors de son incroyable glissade sur le trottoir. Le fait est que suite au coup de feu les gens de passage, les bonnes gens en quelque sorte, eurent ce réflexe qui rendit célèbre la Belgique entière lors de la république pétainiste : quand on vous tire dessus, où que vous soyez, avec n'importe qui que vous soyez, il vaut mieux se coucher et baisser vite fait la tête comme toute autruche qui se respecte… Un dicton sicilien qu'il avait lu lors d'une de ses interminables lectures au cours d'un après-midi assez minable, après self-service, onanisme grincheux et café, disait également : courbe la tête et laisse passer le fleuve en crue... Après tant de lapins on lui tirait dessus, ce n'était pas très drôle... Une profonde lassitude, une immense hébétude l'envahirent...

Pas gai pour un sou, pas malin comme Artaban, pas fier comme un singe ou un pou pinson etcetera, évidemment il se devait une fugue en ut mineur, une fuite, une toccata, quelque chose qui le rende invisible et le tire de là vu qu'on lui tirait dessus...

La dame d'à côté, allongée près de lui, sans qu'on les ait présentés, n'avait pas l'air très à son aise, ses courses non plus. Papy l'attendra en vain ce soir pour le dîner, la dame d'à côté était plutôt morte.

Derrière lui quelqu'un pleurait, une femme aussi, le monde appartient aux femmes qui pleurent et aux hommes qui rampent. Les coups de feu avaient cessé. Il ne pouvait d'où il était voir quoi que ce soit. Il sentait la peur et la mort le frôler de leurs longues mains velues. Il les imaginait comme cela, surtout la deuxième, il n'avait peut-être pas tout à fait tort.

Il l'aperçut là-bas, derrière la voiture garée un

peu plus loin, il supposa qu'elle non plus n'avait pas l'air très à l'aise, les remords sûrement, la douleur bien sûr, alors qu'elle s'éloignait telle Hébé la barmaid des dieux aux bras bronzés, et verse-moi du nec du nectar, il est bien tard n'est-ce pas ? allez verse... à se plier à la renverse... douloureusement belle et qui ne lui appartenait plus ; finie cette gorge et ces yeux voleurs, elle s'en allait, allait disparaître bientôt au bout de l'horizon, à jamais... tandis que lui, couché nez à nez avec une crotte de chien de passage, un teckel heureusement, attendait le coup fatal du dingue qui flinguait tout ce qui bougeait... Faudrait être sacrément balèze pour supporter gaiement ce genre de sport... Chasse au gibier, quelqu'un te tire dessus et toi tu dis ouf raté ! si on rate le coup. Encore trois tirs, c'est la fête foraine à l'américaine, vite fait, plus on descend de mecs et de nanas, de tous âges, et plus on gagne. En prime un pruneau directo l'enfer. Mais pour l'instant, celui des autres, comme disait l'ami Jean-Paul quand il était de mauvais poil. Qui pouvait tirer comme ça ? un dingue, un Américain du Wisconsin, un sectaire au cerveau lavé, un terroriste, qui ? Et elle, si belle et si farouche qui s'éloignait insouciante derrière une file de Peugeot. Lucy Fair oublieuse oubliée ? oh… elle ne perdait rien pour attendre, la tueuse, la… si je m'en sors, pensa-t-il, si on s'en sort, mon chou, on s'achètera plein de trucs et on fera la nouba, n'est-ce pas madame… mais la dame d'à côté, rien…

Les coups de feu retentissaient encore quand soudain le silence se fit, il ne dura qu'un instant et il en profita pour ramper derrière une voiture… une gordini ? une panhard ? une simca 1 000 ? une traction ? une 4 chevaux ? une deuche ? une aronde ? une piste aux étoiles ? des roudoudous ? un meccano… rien à faire… tout était si flou…

# 6.

> « Je ne sais même pas pourquoi j'écris tout ça. Mettons que j'écris comme les autres jouent au bridge ou font des mots croisés. Pour tuer le temps. Mais il a la vie dure, le salaud. »
>
> Georges Hyvernaud,
> *Feuilles volantes.*

S'il s'en tirait, il savait parfaitement où il irait. Il lui faudrait ramper, parfois ramper ça vous sauve la vie, c'est peut-être pour ça que les gens n'arrêtent pas de ramper. Il ramperait jusqu'au troquet où il était allé l'autre jour, au fin fond d'un quartier qu'il ne connaissait pas et où il avait eu un choc. Il venait de pénétrer dans le saint de tous les saints des années passées, il avait eu la sensation d'être plongé dans un rêve, pince-mi et pince-moi que je me foute à la baille et vite fait car je dois rêver, encore une coulpe poétique, un coup à la Nerval, à vous mettre dans tous vos états. S'il avait pu ramper, et arriver sain et sauf jusque-là, il aurait poussé, de nouveau, la petite porte à clochette et lui aurait dit bonjour avec le plus beau sourire qu'il avait mis de côté pour les grandes occasions. Et celle-là, c'en était une, il le savait, il le comprenait là, à un pas du tapis final, sur ce coin de macadam, alors qu'un dingo s'amusait à lui tirer dessus. Il l'aurait revue alors, cette gentille dame qui était derrière son comptoir, qui avait presque son âge et des seins somptueux. Ça le changerait définitivement de Lucy Fair. Elle lui verserait un verre de vin, un ballon de vin blanc sans qu'il lui demande quoi que ce soit, comme l'autre fois. Le nez dans le traminer c'est la faute à Voltaire, le nez dans le beaujo la faute à Rousseau et en al, ça ne me vient pas, sur Labrunie alors, du whisky c'est la faute à Labrunie... Il ne serait pas resté aussi silencieux que l'autre fois, intimidé par l'atmosphère ; non cette fois-ci, il le savait bien, il le comprenait maintenant, allongé comme un huron se mohicanisant probablement dans l'herbe drue des pavés, le sable des berges et des plages, il lui aurait dit — lui a dit, en rêvant bruyamment, à voix haute — et tout cela sûrement à cause du décor, un peu Clignancourt, un peu bords de Marne, un peu Doisneau, Ronis, un peu Paris insolite de Jean-Paul Clébert, un peu la Maube, un peu la photo de Darrigade et d'Anquetil au tableau d'honneur, bref, il lui dirait oh vous savez j'ai connu André Vers. Voulant l'épater, il n'avait pas grand-chose à perdre, puisque quelqu'un essayait de le tuer et que Lucy Fair l'avait quitté. Points morts. Elle aurait alors levé les yeux, l'air intéressé, et elle aurait articulé un monosyllabe ou plutôt une paire de monosyllabes, un dissyllabe : quoi ? ah bon. Ça, pour lui en jeter un coin dans l'œil, il lui en aurait jeté... (ah bon ? ça compte pour un ?) des trucs comme ça... à quoi bon... ça compte pour des prunes... sur le bout des lèvres, le bout de la langue ou le doigt dans l'œil, les mains sur les hanches, la tête en l'air, les yeux dans la poche et des tas... d'un genre semblable, il aurait pu continuer jusqu'au lendemain matin, corps et cœur permettant... Il était là sur ce bout de goudron, sentant la pisse de chien et l'huile de moteurs, il était dans une mauvaise passe, il fallait que le temps redémarre et alors il se racontait des histoires, et maintenant c'était André Vers qui lui était revenu à l'esprit parce qu'il venait de terminer l'avant-veille son livre sur les matins tristes de l'existence. Ouais, il l'avait connu, et si ce n'était pas lui, et bien c'était son frère, un monsieur très gentil qui représentait une grosse maison d'édition tandis que lui n'était qu'un simple vendeur chez un libraire grossiste parisien. Vers venait tous les quinze jours et comme il était sympa et qu'il connaissait son collègue depuis pas mal de temps, après avoir parlé avec les patrons de la boîte, il leur racontait des trucs et il plaisantait. Son collègue lui avait dit que Vers faisait partie de la bande à Brassens, mais lui, ce n'était pas le genre de truc qu'il appréciait, pas Brassens qu'il adorait, mais le genre type célèbre qui fréquente les gars célèbres, ça le laissait plutôt froid, lui il avait des blèmes plus importants, les levers du matin et les fins du mois. D'ailleurs, il savait maintenant qu'il aurait pu, le Dédé Vers, le rencarder là-dessus.

Un jour, il avait eu envie d'un gros bouquin très cher et comme d'habitude il n'avait pas assez d'argent ; son collègue lui avait dit « on va le demander à monsieur Vers, il te le fournira, tu verras ». C'est vrai qu'il leur apportait toujours des bouquins, une fois les poèmes de Cummings, une autre fois ceux de Jim Morrison, collection Bourgois qu'il aimait assez, et cette fois-là, c'était les textes et les poèmes de Dylan chez Seghers, un gros pavé.

Mado, supposait-il sur son bout de béton goudronné au désespoir et aux pas perdus, un peu Stanley sur les bords, lui verserait alors un autre verre en l'écoutant. Il pensa « Mado » parce qu'un client avachi à une table l'appellerait : eh Mado encore un, ou l'avait appelée, la fois d'avant, il mélangeait tout... la frousse... Un soldat qui partait (les marins ça part toujours, ce gars-là c'était un marin, pas l'air malin), avec à ses côtés une jeune fille qui pleurerait, et lui devant le juke-box faisant glisser sa thune dans le bastringue. À une table, seule, une vieille dame sirotait une verveine. Le choc, sans mentir. Les mots ne mentent pas. Ni les fantaisies, ni les rêveries du coucheur sur le bitume solitaire... Porte de Clignancourt, les Puces, la soupe aux oignons et le vin blanc de Nogent...

... lui n'avait jamais su, savait pas qu'André Vers, représentant de son état, écrivait ; on lui en avait peut-être parlé mais il n'y avait pas fait attention, il était très distrait et discret, et puis il se camait aux Amerloques, Miller, Kerouac et tous les autres. Pas le temps de regarder autour. Il avait bien déniché un Hardellet au fond du magasin, mais il ne l'avait pas encore lu, il le gardait pour des jours meilleurs, les jours à venir, pour sa vieillesse, plaisantait-il avec Lola sa petite amie de l'époque. Prévert aussi, il aimait bien, et un Fallet de temps en temps... Il dirait alors à Mado : je dis cela Mado, vous permettez que je vous appelle ainsi, parce que ces trois zigues et bien c'étaient les amis de monsieur Vers, vous comprenez. Nous étions dans les années 70 et ils étaient tous vivants et moi qui aurais pu les connaître, il suffisait de parler, et bien j'ai raté le coche comme on dit.

C'est ça la mélancolie des pas beaux, la mélancolie des cœurs et celle des paquebots sur les flots verts, on se dit que le destin nous a floués un peu plus, on se demande quelle tronche ça peut avoir un poète et puis on en a un sous les yeux et on ne s'en rend pas compte. Alors le choc, du vieux Paris juste devant le regard de Mado embué de larmes, il l'aurait fait pleurer ? mais non, juste un orgelet... ah bon...

Ç'aurait été, il le savait, il le comprenait maintenant, vraiment charmant ce troquet, avec Martha et ses sisteures époustouflantes aux seins sauteurs et danseurs qui chantonnaient des chœurs soixante-huitards au gré des levers du soleil et du marin pompinette qui faisait glisser mélancoliquement ses pièces dans le tiroir à chansons. Il en serait, dieu sait comment, et ô combien, à l'énième remettez-moi ça, et la barmaid alanguie par l'extase du temps qui passe et par son compère-loriot, ne sourcillerait guère, ne broncherait guère, ne se préoccuperait probablement que de ses oignons (avec un i s'il vous plaît) et de regarder, derrière un air éperdu de guitare et un air à vous prendre illico la température, les mouches voler que l'on entendrait d'ailleurs à peine, et de garder tout son temps pour voir passer le temps. Le boui-boui, il s'en souvenait, dignement s'intitulait d'ailleurs Bistrot des Rendez-vous et il ne pouvait que soupirer tristement en se remémorant l'étendue infinie de ses rendez-vous passés, dans des mastroquets semblables, au gré des années mortes et des souvenirs entassés devant la porte des chambres de bonne, gaz et eau à tous les étages, sauf chez les prolos... Ah il en avait connu des cafés des rendez-vous, de la gare, du départ, du commerce, de la poste, des amis, des artistes, du temps où l'on passait son temps à se chercher d'un bistro à l'autre, et où l'on se trouvait quelquefois, rarement.

Les fuseaux horaires n'étaient jamais les mêmes et les montres de première communion n'étaient pas à l'heure, d'autant plus qu'on les avait vendues pour un bout de menues monnaies volatilisées aussi vite que l'hostie dans les palais des jeunes pénitents. Johnny chantait que la vie allait recommencer et dans nos vallées de l'Oklahoma nous brisions les poupées de nos sœurs en dansant le twist et le mashed potatoes, parfois même le madison. Bref, notre temps bel et bien perdu s'entassait devant nos tasses de café noir et le visage chafouin du loufiat qui faisait la gueule, sur l'ordre de l'Auvergnat à la caisse, parce que nous ne consommions pas des masses.

Le temps ici semblait s'être arrêté, un no man's land intemporel où l'on entendrait jusqu'aux rêves de la barmaid. Autre temps, ici, sur ce tapis bétonné, coincé derrière les voitures. De temps en temps, des coups de feu. Valait mieux penser à autre chose. Revoir le bistro où il avait pénétré, l'autre jour, pour la première fois et où il savourait le verre de vin que Mado lui avait versé. Un type était entré, à sa suite, en grognant : téou téou téou. Il avait pensé qu'il s'agissait d'une nouvelle marque de thé niou-âge qui lui aurait échappé, du temps où il achetait son jasmin rue des Nuits de Chine, mais Mado lui avait versé un ballon de rouge. Téou ouais j'att dac voir ok att aplus dac quoi boh bof ouais ok ok ok chui chui bof hein non faich bon bon bon atout atout. Génération monosyllabes en do dièse mineur. Mado n'avait pas paru perturbée, elle avait l'habitude. Lui, il était sidéré. Le type débitait ses salades sur la place publique et ne paraissait pas le moins du monde gêné. La pudeur ça ne s'invente pas. Il paya et s'en alla. Son portable sonna encore alors qu'il franchissait le seuil de l'estaminet.

Oui, en rampant... mais un coup de feu claqua près de sa tête. Ce qu'il fit ? il perdit connaissance. Alors il rêva. Il rêva de Mado qui soupirait. Désolée, je ne sais pas qui c'est André Vers. Sa voix suave danserait sur les notes du silence de l'après-midi, tandis que Wilson Pickett pleurnichait *I'm sorry about that*. Pour tout ça...

Y a des trucs que l'on n'oublie pas, au mois de janvier on s'achetait des étrennes et des couronnes pour nos reines, en février des crêpes chandeleurs, en mars des giboulées, en avril des fils et des hirondelles, en mai du muguet et des cerises moqueuses, en juin des nuits de la saint-jean, en juillet des bals populaires, en août des congés payés, en septembre on achetait des crayons de toutes les couleurs et du raisin, voire du pain aux raisins, en octobre des marrons, en novembre des morts et à la saint-martin des martinets d'été, en décembre des crèches avec tout plein de bœufs et d'ânes, des ptijésus et des supères-noëls dans les cheminées. On n'en pouvait plus, on n'avait plus le moral, on ne savait pas trop bien pourquoi, probablement parce que le temps nous filait sous le nez sans qu'on s'en rende vraiment compte, dis, tu te rends compte ? On n'arrêtait pas de se le demander mais on ne s'en rendait pas compte, même le bourguignon de chez Marcelle n'avait plus la même saveur, même le clafoutis du p'tit Vatel avait un drôle de goût de rien. Le temps enfonçait son chapeau sur notre tête et nous en faisions une drôle. Les années mortes, on allait les vendre aux puces avec nos quarante-cinq tours mais personne n'en voulait. C'est plus à la mode papa, t'es pu dans le coup pépé. Bien fait. On s'inventait des mélodieuses mélodies d'aubes radieuses et on rêvait de voyages lointains. Ferme les yeux que j'te dise. On disait rien. On se faisait des mamours sous les couettes, des câlins pas comme il faut et on écoutait Debussy histoire de voir, d'attendre nos clairs de lune. On s'aimait.

Et après tout, il ne s'agissait peut-être pas d'André Vers. Sa mémoire flanchait.

Il rêva, il continua de rêver que Mado ne cessait de renifler ses pleurs, de verser des larmes en essuyant les verres depuis qu'il lui avait raconté qu'on avait cherché à le tuer, pour elle c'était une injustice, un affront à la dignité humaine, un sale coup des fachos, un affront à la poésie, un hommage à Garcia Lorca, en fait juste un orgelet et un courant d'air malicieusement mauvais... Un autre coup de feu. Alors que les sirènes au loin racontaient des bobards aux passants et aux marins en partance, que le soir allait bientôt se répandre sur la ville et dans les cœurs des hommes de bonne volonté.

# 7.

« Et vous vous souviendrez d'un Paris disparu. »
Bernard Dimey, *Le milieu de la nuit.*

... et puis un tout dernier, pour la route, *mosso e disperato, andante cantabile*... Paris n'était plus le même. C'est en 1970 que Paris changea définitivement. La Tour Montparnasse d'abord, les quais de la Seine ensuite, le 13e et ses tours, et le début de la fin : le trou des Halles et les 19e et 20e déboisés. Henri Calet était mort et Georges Perros depuis belle lurette s'en était allé en Bretagne, Pompidou allait gouverner, Paris se mourait, Paname n'était plus.

Celui que nous avions tant aimé s'attristait le long de ses boulevards, flânait le cœur gros sur les berges de la Seine, bâillait avec son trou des Halles, le gris se décolorait et la Quincampe allait rapidement se mettre un peu de fard au visage. La rue de la Gaîté était devenue triste. Depuis longtemps, Boris Vian avait rangé sa trompette,

George Chelon chantait que Paris n'avait plus l'air de Paris. Céline ne bougonnait plus dans le bas Meudon, Pierre Devaux argotisait avec l'envers du paradis, Mouloudji avait le mal de Paris comme nous l'avons tous aujourd'hui, Fréhel avait rendu son ticket de métro *ad patres* et René Maltête en faisait une drôle en voyant qu'on ne riait plus beaucoup. Raymond Queneau courait encore les rues mais préparait le terrain pour Jacques Roubaud car comme chacun sait depuis que Baudelaire l'a crié, la forme d'une ville change plus vite, hélas ! que le cœur d'un mortel. Flâneur des deux rives, lui aussi, Léon-Paul Fargue rencontrait Jacques Audiberti alors qu'ils se trouvaient boulevard de Sébastopol. Brassens buvait un pot en compagnie de René Fallet et d'André Vers au café des Copains dans le quatorzième, il y avait encore un peu d'espoir, Pompidou n'était pas tout à fait arrivé. C'est curieux que ça soit un type qui adorait la poésie qui ait enclenché ce désastre... Remarque, dirait Mado, l'autre zig des camps yougoslaves, Karadjic, écrivait bien des poèmes et Hitler peignait. L'art a parfois des relents de mauvais goût. Les muses ne sont pas très regardantes sur la question. Certains disent que même Robespierre écrivait des poèmes et que Staline appréciait la muse, ce qui ne l'a pas empêché d'envoyer Mandelstam au bagne. C'est un cauchemar, dirait Mado. Le nôtre. Un jardinier alors. Ce serait sur ce bon mot qu'il se souviendrait...

Quand il débarqua à la gare de Lyon au mois de septembre 1970, il ne se sentait pas tout à fait comme Rastignac en haut de Montmartre mais presque. À vrai dire il aurait suffi qu'au lieu de prendre le premier crème, après trois ans, à la buvette de la gare, il l'eût pris dans un café sur les boulevards pour qu'il rencontre André Hardellet en grande discussion avec Jacques Prévert et pour que sa vie change. Mais alors il ignorait ces grands messieurs ou du moins il ignorait qu'ils étaient au centre de son univers, comme des habitants du lieu, lui qui n'avait d'yeux que pour Paname. Il imaginait que Robert Desnos éprouvait la même chose quand il voyait Breton et ses copains et cette vach' de Peret qui faisait semblant de ne pas le reconnaître pour éviter de le présenter. Il imaginait maintenant après tant d'années, ce qu'il aurait ressenti s'il avait vu dans un coin de la salle, Calet, Fallet,

Brassens, Vian, Prévert, Calaferte, à taper la belotte en buvant un coup de rouge. Mais en soixante-dix, ses idoles s'appelaient Baudelaire, Rimbaud et Verlaine et depuis peu Sartre, à cause d'une fille. Les autres un peu plus loin derrière c'étaient les romantiques avec en tête Musset, le bonjour d'Alfred, et Nerval pour ses paysages d'Ile-de-France, ses jolies filles de rêve et ses ballades. La môme Sand pour ses cigares, Hugo pour sa grosse gueule. Mais Ferré, Brassens et les autres... Ah ! il allait oublier, Albert Samain pour ses matins dans le port, Régnier pour ses odelettes et Verhaeren pour ses ciels gris. Bien sûr, le gros Honoré et ses illusions. Il ne savait pas qui était Bernard Dimey et il le regrettait, sur son coin de trottoir, ils auraient pu sympathiser. Il avait beau adorer Proust et Chateaubriand, il était de la famille des prolos. Seulement voilà, le premier grand type qui, en le lisant, lui avait chuchoté quelque chose, cette année-là, ce fut Henry Miller et entre les Zuessas et lui il y avait tant d'océan et pas vraiment le temps d'étudier sérieusement la question. Il avait donc le mal de Paname et, ce matin-là, le croissant avait un goût proustien avant l'heure. Son enfance revenait à la surface. Rilke et Claude Roy l'avaient déjà dit avant lui, il y a un moment au cœur de notre enfance où l'on voit, où l'on se voit, juste derrière une vitre, un interstice, peut-être, voire une embrasure ou une fenêtre entrouverte, on se voit comme on sera, plus tard, après l'acné, beaucoup plus tard, oh juste un moment fugace, on s'aperçoit comme quand on sera ce qu'on sera ou tout simplement ce qu'on aurait pu être et que l'on ne sera pas. L'année d'après, avec le sexe fou et ses combinaisons, en compagnie de Katy et d'Anita, il découvrira *L'Amour fou* que son ami Denis lui fera lire. Puis, il n'aura plus vraiment le temps de s'arrêter, d'essayer d'y repenser, de tenter de redécouvrir le garçonnet apprenti hiérophante des tendres et déjà futur aruspice, voyeur-voyant à peine, près de l'aquarium glauque du jardin, divination à bon marché, entrailles, marc de café, vols d'oiseaux, trépied et fumée de pythie à se demander, se réciter tout bas comme une formule magique : je serai poète… ça il le voyait bien, mais comment ça serait après ? avant de tomber le cul par terre du haut de son cerisier, tenir la plume bien droite et se dire que ce ne serait pas tout à fait de sa faute si on lui gâchait son avenir.

C'était à cause du temps qu'il avait perdu, tel un Swann aux jeans déchirés et délavés dans les couloirs d'un métro qui n'arrivait jamais à destination, à édifier pour soi, quelques années plus tard et tout au long de ce boulevard, une mythologie qu'il avait au fond de son cœur. Il se traînait en proie à des désarrois sournois, malgré ses amours ricains, Miller bien sûr, Kerouac, Roth (les trois, même l'Autrichien), Chandler et encore plus tard, beaucoup plus tard Sorrentino. En fait, il était né dans une bibliothèque qu'on lui aurait vendue ou qu'il aurait imaginée, quand il était encore dans son berceau, à la Pitié, entre la grosse Catherine, la Bretonne aux gros seins laiteux qui n'était pas sa mère, disait-on, et l'immigrée nommée Capri, la mamma italienne, maigre et malade qui ne cessait de répéter... un garçon... un garçon... sachant que l'autre grand con, le moustachu à l'accent moins chantant que Dario Moreno, aurait été enfin content et ne l'aurait plus embêtée, elle qui se retrouvait toujours enceinte pour l'honneur du nom, alors qu'elle n'en pouvait plus, mais un garçon.... Gros con !

Sur son bout de couloir, de trottoir gris, crachoté, glaireux à souhait et parfumé aux crottes de chiens, il est temps de préparer son mouchoir et d'essuyer ses pleurs. Car il pleure, seul, à côté du cadavre de la dame au cabas renversé. C'est probablement à cet instant-là, parmi ses larmes désordonnées qui se répandaient entre chien et loup sur le macadam poisseux, dans les caniveaux du devenir, qu'il a entrevu le garçonnet de la classe de madame Bonnefoy et ce qu'il deviendrait. Le mioche d'avenir. Le long de la Marne. Un clodo ? un poète ? un bourgeois ? un quoi ? un corbeau ? un prolo ? un capitaliste ? un prof ? un con ? un gros con ? un salaud ? un povtype ? un quelconque ? un toutlemonde ? un charbovari ? un don juan ? un Otis Redding de banlieue douloureux ? En tout cas, pas un ingénieur ni un manuel ni un toubib ni un chauffeur de bus ni un sportif (quoique pour ces deux derniers emplois à une certaine époque il eût aimé).

Ou il se trompe, peut-être, il confond... ce n'était pas à ce moment-là, c'était quand il regardait derrière la peinture blanche décrépite d'une vitre la classe des filles, alors que quelqu'un lui tirait l'oreille et qu'il avait dit sans se retourner : fais chier ! Écrasé par la douleur et par la surprise de voir en se retournant qu'il s'agissait du maître, le bon monsieur Percevaux. Ce fut peut-être alors, dans cette immense détresse, infinie tristesse du dire, du mal dire, ou après, quand il descendait l'allée à vélo vite fait et qu'il recevait ce caillou dans la tête, qu'il s'évanouissait sous le cerisier en fleurs, rouges, métaphorisant déjà à cet âge. Quel amour d'enfant ! dans l'auberge de son malheur...

À moins que cela ne se soit passé les matins de pluie où, malade, il restait à la maison, les après-midi silencieux alors qu'il plaçait ses bouchons de vin préfontaines sur un tapis volant, un paysage improvisé avec des êtres imaginaires, ronds et sans jambes, des bouchons, qui se racontaient des histoires, mais tellement d'esprit et d'imagination...

Ah ! dirait-il à Mado, Mado vous savez.... j'ai tant de choses à vous raconter... Donc, en ce matin encore ensoleillé de septembre 70 le taxi qui l'emmenait, et qui vida quasiment ses poches, de la gare de Lyon à Montparnasse, en profita gentiment pour lui faire faire le tour de l'immeuble et lui faire revoir son Paris. La concierge qui s'appelait qui s'appelait… madame… tiens il ne se souvenait plus… mais emmerdante à souhait et grogneuse à foison, lui fit la gueule dès son arrivée et lui indiqua le logement d'Aline, au septième étage au fond de la cour. Le nec plus ultra des chambres de bonnes. Rue de Rennes. Le chauffeur de taxi grognait après Pompidou et tout allait bien. À la radio madame Soleil réchauffait les cœurs des auditeurs.

Aline fut surprise de le voir, elle ne l'attendait que la semaine suivante mais elle fut très gentille et lui fit faire le tour du propriétaire. Chiottes sur le palier, un robinet avec évier dans la chambre tout de même. Leurs voisins, Anouchka, une jeune rouquine froufroutante, msieur Noël un Martiniquais qui travaillait à la poste, qu'on ne voyait jamais et une autre petite vieille qui venait de mourir. À l'étage d'en dessous, aux appartements, l'intellectuelle mi-artiste et sa jolie fille, la cantatrice et son mari, l'emmerdeuse emmerdante aux clés tintinnabulantes et son mari et enfin, tout en bas, la veuve clicquot rouspéteuse avec son caniche.

C'est ça la mélancolie des cœurs, ce passé qui

se déverse à l'improviste dans les couloirs du cerveau. Chaque fois du ramassage, du recollage à la queue leu leu. À tous les coups on gagne et on perd.

# 8.

« Monsieur mon passé,
Voulez-vous passer ? »
Léo Ferré.

Revenir en arrière toujours toujours, comme si à piétiner son passé on pouvait y changer quelque chose. Il a plus de souvenirs que s'il avait... il a pluie de souvenirs, trempé jusqu'aux larmes à se secouer les puces et vous verrez qu'elles tomberont, les larmes-Calet, sur ce coin de trottoir, comme le dernier des mots et des camps, la dernière séquence des scouts feu de bois et croix de fer, on n'en reviendra jamais au bois charmant mesdames, c'est bien fini, une fois jeunesse passée on ramasse à la pelle nos souvenirs comme sur la plage de Prévert, vite fait en traînant cette petite brouette Godot pleine de ramassis et de feuilles mortes et de pleurs et d'histoires, de chagrins, de chats gris, de magma confus confits de mots et de paperasses, nos premières années, nos tendres années, nos nounours arrachés, nos osselets, nos billes de toutes les couleurs, vite vite, ne poussez pas, il y a assez de place pour tout le monde, la paille qui danse dans le verre de grenadine, nos bécanes au bois joli, les palissades du bois de Vincennes, les flaques et les vêtements du dimanche et les manèges ah la tête qui tourne, mon manège à moi entraîné par la foule, les manèges, Paris, Paname... et le pont de Charenton... À la pelle les souvenirs, dans une brouette que l'on traîne d'un trottoir à l'autre, vous n'allez tout de même pas nous ressasser ces vieilles histoires qui n'intéressent pas grand monde, allons allons lalonlonlaire, soyons sérieux, à votre âge, on se met devant une télé et on ferme sa gueule. Surtout pas le coup de la nostalgie fouettarde, le chagrin jarnac ou le chat sanglot de la mère Michel. Paul Eluard est mort à cinquante-sept ans à Charenton, avenue de Gravelle, près de l'école Jean-Jaurès, en 1952, le matin du 18 novembre. Lui est né quelques soirs plus tard à la Pitié, à quelques pas de là, quelques trottoirs, et sa mère est rentrée après, à Charenton, rue Jean-Jaurès, près de l'école, du vélodrome et de l'usine à glace. La première fois qu'il avait lu Eluard, il neigeait et un prof racontait des histoires invraisemblables, alors il avait ouvert son livre de français, sauté les pages et en silence, il était tombé sur la page Eluard. Il pleuvait ou probablement il neigeait, ce matin-là, et il avait mal au cœur. Plus tard, beaucoup plus tard, il avait acheté un livre entier de poèmes... C'était sa période pleurs des bois et rudes beuveries de gros rouge... Il se rendait compte qu'il avait passé toute sa vie à faire les choses sans les approfondir, non pas de façon superficielle, non, mais d'une manière décidément impressionniste. Même ses pensées l'étaient, étalées et floues comme une cathédrale rouennaise peinte à toute heure. D'ailleurs quand l'automne arriva, son cœur gros nomma Robert Desnos poète préféré de ses larmes roses. C'est ça la vie. Colchiques dans le pré, c'est la fin de l'été...

9.

> « Je suis un menteur. Et je ne sais même pas mentir comme il faut. Je suis un imposteur. »
>
> Philip Roth, *L'humiliation.*

La nuit précédente, les moustiques l'avaient attaqué. Il aurait fallu se défendre, mais depuis que sa myopie avait augmenté, les forces étaient inégales. Naguère, un regard circulaire, pantoufle à la main, lui permettait de jauger rapidement la situation ; aujourd'hui, de ce capitaine courageux, il ne restait plus qu'un pâle souvenir de gloires passées. Il faudrait être aux Zuessas, avec leurs mosquitos géants, d'ailleurs là-bas tout est géant, il n'avait jamais bien compris, même les assassins, même les pommes au supermarché... Après avoir branché l'anti-moustique chimique, il avait passé de la pommade sur ses plaies urticantes et tenté de recouvrer le sommeil. Hélas, une bande de noctambules, du genre c'est l'été amusons-nous absolument sinon on est des cons, s'était pointée sous ses fenêtres pour répandre dans l'univers nocturne le suc de leur immense connerie, avant de prendre le chemin du troquet de la gare pour maintenir l'alcool dans le sang à un niveau supportable afin de ne pas trop penser. Dans son lit-pleurnicheur, il avait l'air d'un vieux croulant radoteur qui avait effacé une partie de son existence, justement celle où le niveau alcoolique évitait de prendre en considération les aléas de la vie.

Mon dieu, comment s'appelait-elle déjà ? don remarquable de cette mémoire ondulante, avachi dans l'obscurité de son lit solitaire, il avait oublié le nom de cette merveilleuse fille mais il se souvenait très bien de ses mamelons, les plus longs qu'il ait vus, et du fait qu'à quelques heures près et des kilomètres de distance, ils étaient presque jumeaux, étant nés le même jour. Son appartement donnait sur une petite place toscane et le soleil de l'aube jouait sur leurs corps à moitié endormis et non encore assouvis.

Il en était là, vautré sur son lit, rongé par les piqûres des moustiques, bâillant comme quelqu'un qui aurait mal dormi, à bander comme un goujat en pensant aux mamelons de... de...

La Mémoire collective a foutu le camp avec sa

jeunesse et la mémoire particulière, la mémoire du détail, de la sienne. Et j'ai lu tous les livres, hélas la chair n'est pas assez triste, surtout cette nuit finissante, en érection. La faute au vieil agenda entrouvert, examiné insomniaquement de long en large. Mais elle n'y était pas. Elle, la mamelonne. Les autres, certaines autres si, elle, elle devait être dans un autre agenda, peut être au grenier ou ailleurs, dieu seul le savait. Quelle idée de fouiller dans ces vieilles choses pour y retrouver des noms, des prénoms, des chansons à foison, *gimme some lovin*. Un noël de jadis, Freddy chantait sur l'estrade avec son groupe et lui, il embrassait goulûment Muriel, ce n'était pas les Spencer Davis Group, mais presque. L'érection, elle aussi, était bien présente, malgré le froid. Muriel non plus n'était pas dans cet agenda. La neige, il neigeait et ils étaient passablement ivres et excités. Il lui murmurait des douceurs dans le cou des slows, elle le serrait indécemment contre elle, contre ses seins. Il n'était qu'un gamin, vierge, et il l'adorait. Ses copains le regardaient en bavant, lui, il doutait de ses capacités amoureuses ; il avait peur qu'un plus beau, plus entreprenant ne la lui enlève.

Confisquée. Il n'était qu'un jeune con boutonneux, elle l'adorait ou elle avait pitié de son innocence ou bien elle se méfiait des autres alors qu'avec lui, puceau des fagots ou des pageots, elle jouait sur du velours. Elle ne courait aucun risque. Jadis, un peu plus tard, elle lui écrira qu'elle préparait son mariage, jeune présomptueux, pour réparer la faute, et qu'il l'agaçait avec toutes ses questions et ses lettres... sur son silence, sur son oubli. Je suis enceinte, avait-elle griffonné sur la page blanche déjà tachée de larmes boutonneuses. Mais il n'était pas le père. Car ensemble, à part s'étreindre sur une couche de neige glaciale, quelques baisers et des achats de livres de poche, notamment Jean-Sol Pâtre, ils n'avaient rien fait. Ses copains et le diable probablement s'imaginaient dieu sait quoi ou bien ricanaient dans son dos... Hélas, un monsieur plus âgé que lui, moins boutonneux, avait fait son choix et avait su trouver l'huis du domaine privé. Pauvre de lui. Fortuitement mais heureusement a posteriori, tout de même. Agenda, vieil agenda, où des noms à foison et des visages disparus refaisaient surface. Des numéros de téléphone, des villes, Bruxelles, Rome, Padoue,

Montpellier, Paris, Florence, Marseille, Chicago, Los Angeles, Londres, Zurich, Genève. Un livre de géographie, un atlas. Et des kilomètres de silence, d'absence. Fredonner avec Bob Marley *Satisfied my soul* dans les rues ensoleillées de Florence et un an plus tard, au cœur de la nuit enchanteresse et douloureuse, Van Morrison, *Madame George*. Les chansons accompagnent la vie des mortels et sont mortelles. Qui se souvient encore aujourd'hui de Blossom Dearie ou de Hildegard Knef? Les chansons sont comme les villes de Baudelaire, elles changent et disparaissent. Il se rappelait une autre Divinité qui dans la rue lui posa une question et plus tard un lapin... Comme disait Marcel Pagnol, Marius probablement, quand on fera danser les couillons, tu ne seras pas à l'orchestre... Voui ma puce, le Grand Bal des Couillons...

Un coin de trottoir tandis que le chien crépusculaire se jette sur le loup ou plutôt le contraire, et vers le bas, à la jambe, une douleur déchirante, toujours cette douleur incessante qui l'accompagnera... ah Mado... revenez...

Un coin de comptoir, il y a toujours un coin

de comptoir pour le poivrot, on s'y place vers les cinq heures de l'aprèm, quand les marquises se préparent à sortir, pour rencontrer nougats et noubas du soir et on s'y attache comme à un port. Il y aurait sur le juke-box le disque d'une fille qui s'appelait Eva Cassidy, une fille très belle qui chantait de vieux trucs. Une voix magnifique, une voix où s'étaient nichées toutes les tristesses du monde, toutes les solitudes du monde... morte à 24 ans environ, un cancer... Disparue en un clin d'œil, laissant deux ou trois disques, avec son visage d'adolescente amerloque, belle et douce et sa voix triste à en mourir... Ailleurs. Un passage, une trace, dans le monde, dans l'univers. C'est injuste. Les vieux cons de la politique vivent jusqu'à quatre-vingt-dix berges sans jamais arrêter leurs conneries.

Coin de trottoir, de comptoir, coin-coin vilain canard dans son coin a bouffé des coings et tout ce sang dans le caniveau, ce n'est pas celui de la vieille dame d'à côté, macadam old woman, desséché depuis longtemps, non, c'est le sien, il le sait, il le comprend, alors qu'une longue kyrielle de cafards défile devant ses yeux brouillés et remplis de larmes, alors que la lune se pointe au milieu des voitures et des immeubles et qu'elle a la sale gueule du soir qui tombe, ô ma douleur tiens-toi plus tranquille et baisse un peu l'abat-jour pour que je puisse encore rêver...

Ce sont ces petits instants qu'il voulait fixer, ces instants qui, comme des éclairs au fond d'un ciel noir, éclairaient le paysage oublié et effacé par la pluie. Ces minuscules instants qui entassés les uns sur les autres faisaient presque une vie ou tout du moins une tentative d'existence, une sorte de limbes nuageuses où les événements se dressaient, au fur et à mesure, contre un mur où l'on ne savait jamais ce qu'il y avait de l'autre côté, ce qu'il pouvait y avoir. Ainsi les années s'étaient écoulées sans qu'il s'en rende trop compte, si ce n'était ce regard de moins en moins intéressé, le matin, face au miroir de la salle de bain, étonné presque qu'il s'agisse toujours de la même personne et des mêmes gestes réitérés patiemment ou impatiemment selon l'emploi du temps. D'ailleurs comment aurait-il pu encore s'intéresser à ces rides qui se creusaient, ces pattes d'oies autour des yeux, cette pâleur, avec quelques rougeurs ça et là, ces poches sous les yeux bonnes seulement à y cacher, à y enfouir toutes les tristesses du monde et les souvenirs du jadis ?

Ainsi ce besoin inaccessible aux hommes de bonne volonté de creuser à l'infini la page blanche pour en extraire le maximum de sensations et ce désespoir qui le mettait de mauvaise humeur quand il avait rempli des pages et des pages d'écriture qui lui paraissaient, la plupart du temps, identiques aux précédentes. On lui avait laissé entendre, mais il y avait de cela déjà pas mal de temps, qu'il avait du style, un certain style, son style. Il s'était laissé aveugler par la vanité et puis, la poussière dans l'œil, il avait vite désenchanté. C'est cela qui rendait son fort apache intérieur si attachant, le désenchantement qui le tenaillait depuis une vingtaine d'années. Il aurait fallu lire quelque magazine spécialisé sur les catégories affectives de l'être humain pour entrevoir toute l'ampleur du désastre. Il se traînait d'un lieu à l'autre sans plus y croire, sans attendre quoi que ce soit, ou à la rigueur quelques baffes, comme du temps de sa jeunesse rebelle. Baffes qui ne l'avaient pas aidé à se former, bien au contraire. On tape toujours sur un plus petit que soi, c'est bien connu, c'est ce qui rend l'homme fort, cette conviction qu'il y aura toujours, en dessous de soi, un plus faible, une autre victime, à sa place. C'est la Kolyma, Auschwitz et toutes les tueries de l'histoire. Une histoire de dingues et de salauds. Frappe mon frère et tu iras tout droit au paradis des hommes, des cons. Synonymie parfaite, vous m'en voyez fort navré.

Revenir une minute à ces instants fugaces qui ont traversé ses neurones, hier matin, le matin d'avant le calepin de la nuit, oh il mélangeait tout, il confondait... alors qu'il traversait un jardin public et qu'il avait plus que tout envie de faire l'amour avec une fille qui ne lui dirait que des mots de tendresse. Les narines éveillées, aux aguets, prêtes à saisir la moindre odeur du passé pour susciter chez lui le retour des émotions parfumées. Une rue, minuscule rue ensoleillée traversée il y a des siècles déjà. Une gare, genre Combs-la-Ville, ou l'autre, celle d'Emmanuel Bove, Bécon-les-Bruyères, tout un programme... Au crépuscule automnal, une autre gare dans le nord de la Grèce, la nuit... Une existence de gares. D'allers et de retours improbables. Une vie de départs et d'arrivées et ce sempiternel sentiment de n'être jamais bien nulle part. Non, il n'y arriverait pas, il avait beau creuser la page et se creuser la tête, l'instant qu'il avait entrevu, quelques jours auparavant, ne reviendrait plus, envolé de nouveau dieu sait où, il ne s'agissait ni de gare ni de rue ensoleillée. Avoir le don de Cassandre et prévoir ce qui va arriver. Au fait avait-il fait le bon choix ? il le croyait mais comme d'habitude, il n'en était pas vraiment sûr. Ce matin-là, hier matin, avant-hier, l'autre espace, l'autre soir... qui pouvait désormais l'éclairer ? il se souvenait aussi de cette fille blonde et étrangère, venant de l'Est ; elle s'occupait de la petite vieille dame qui vivait en face de chez lui, toujours souriante, même quand elle était triste en pensant à son lointain pays. Elle lui disait, tu travailles trop, lui, assis à son bureau, elle, les fenêtres ouvertes, tu devrais sortir, t'amuser, lire, écrire, trop travailler. Trop. Tu vieilliras. Tu viendras t'occuper de moi, à mon tour. Elle riait aux éclats, et puis un matin la fenêtre est restée fermée, et à travers la vitre on a vu passer une autre femme, plus triste, qui ne chantait pas. Elle, la blonde Sonia de l'Est était rentrée chez elle, chez son amoureux, chez ses parents. Disparue, à jamais.

Les coups de feu reprennent. C'est assez irréel dans cette nuit où choient bêtement sur le macadam des consciences et des hommes blessés.

Les choses de la vie désagréablement s'accumulent, il ne faudrait jamais ouvrir les yeux, rester dans le cocon de l'enfance, bien au chaud, sans trop se demander comment sera l'entrée dans la vie, le bal des débutantes, les clefs du royaume, le crapaud qui deviendra prince charmant et la pomme à croquer de la connaissance. Non, rien de tout cela, ou juste un aperçu pour faire semblant. Chiche. Pouce, on descend au terminus. Le terminus, le terme post quem c'est pas du gâteau, on l'a appris, peu à peu, au fur et à mesure que l'on avançait dans cette drôle d'existence. Ce n'est pas parce qu'on se construit, habilement et opiniâtrement, des châteaux d'Espagne ou des auberges de bohème que tout doit réussir. Au pas camarade au pas camarade, au pas au pas au pas, vers les douches écossaises. Pas de pitié pour les sensibles. Regarde un peu autour de toi, des larves, des déchets et des couchers de soleil qui ont pris un coup de vieux. Tu ouvrais ton journal et tu avais envie de dégueuler. Pas très joli ce mot. Dégobiller, c'est pire. Vomir. Les vomissures de l'âme. En ton âme et conscience, l'humanité te dégoûte. Pas très belle l'humanité, litote, plutôt moche, réalité. Sur le dossard du vainqueur il y a écrit fais pas le con et rentre chez toi. Il voudrait bien. Il le voudrait plus que tout, à cette heure-ci, mais comment faire alors qu'on ne cesse de tirer sur tout ce qui bouge — les sirènes, les sirènes... — sur les autres, tous les louseurs de la terre. Hémoglobine des louseurs. Il faudrait l'écrire à l'anglaise, mais ces diphtongues françaises mettent en évidence toute la sémantique du terme. C'est marrant. Même le mot n'est pas fichu d'être écrit comme il se doit. On dirait qu'il a appris l'anglais assimil sur le tas, à décharger des cageots avec des forts en thème aux halles, yes madame, on ze blackboard, à la craie, paradis, enfer, marelle vite fait. Il écrirait les noms des perdants, non, plutôt celui des gagnants, sinon le tableau ne suffirait pas car des gagnants, il y en a pas des masses, on peut les compter sur les doigts, les vrais gagnants.

Pas ceux qui croient avoir gagné et puis qui se retrouvent à lécher les bottes du roi. Bizarreries. Ceux qui rampent pour une caresse, un regard bénévole, un bonjour murmuré et plein de sous-entendus, à la cour du roi suffit sa reine et pas ses peines. Voui, ma chère, je suis très lié à Machin DuTrucmoche, il est impayable, pour moi c'est Machin tout court, intimes, presque, disons que... et ça rampe...

Pire que nous, futurs assassinés sur notre goudron du soir, sœurs humaines ayez pitié de nous, flingués par un fou, une folle, des fous, des folles, une foule de cinglés, qui peut le dire ?

Alors au sein des catégories sociales démembrées, déconstruites, paradent ceux qui croient être des vainqueurs, mais vainqueurs de quoi ? de pognon, de pouvoir, ivres de pouvoir, de chance, de succès, toujours à baisser leur culotte pour un oui pour un non et jamais pour de bon. Mais plus tard, oui, plus tard... en attendant... vainqueurs de quoi ? de la loterie, de la course, du cancer, de l'odeur de la merde ? Et puis il y a ceux qui décrochent, vite fait, pas la peine d'insister, de grands gamins qui n'y reviennent pas, on ne les y reprendra plus, ils se laissent aller, à la dérive et tout est bon, n'importe quelle saloperie pour couler lentement. A quoi bon ? Toujours des questions, plus le temps, maintenant, de se poser des questions et, de toute façon, il n'y a jamais de réponses. Alors le silence. Forever avec ton dialecte des cageots. La seule question à laquelle il faudrait répondre, on n'y répond pas. Pourquoi ça, pourquoi la vie ? silence. Silence sur toute la ligne, téléphone en dérangement, abonné absent, n'habite plus à l'adresse indiquée sur le courrier, dernier domicile vacant et inconnu. Silence. Ah ! il est beau leur silence. Vaut mieux le mien. Le mien vaut beaucoup mieux. Silence. Pour l'éternité.

## 10.

> «À peu près vers la même époque, disons mes quinze ans, je me suis choisi un parrain. Il s'appelait Henri Calet.»
> J.-P. Enard, *Un bon écrivain est un écrivain mort.*

Le ciel devenait sombre et un ou deux corbeaux dansèrent sur le trottoir. Un corbeau ? ici ? quelle idée ! plus probablement un merle ? un corbeau, nevermore nevermore et hop il était mort, pas de poe ! L'humour des derniers instants, ricana-t-il en son for intérieur, maintenant qu'il savait qu'il allait mourir, il n'avait plus qu'une hâte, que tout se termine rapidement, tout ce cinéma, l'entracte, avec naissance et enterrement, le film de sa vie, jadis, naguère, autrefois, aujourd'hui et demain. Après-demain. «*Bella prova è d'alma forte l'esser placida e serena nel soffrir l'ingiusta pena d'una colpa che non ha...*» Un fa sur le ha. Et puis la voix monte, répète les vers et se termine sur un si, «*colpa che non ha*». Dans les années des siècles passés où il vivait sous les toits, robinet et évier sur le palier, son vieil ami

Denis lui chantait toujours cet air-là, *Méthode pratique de chant* de Nicola Vaccai, vers de Métastase, le poète. Non pas les métastases de la vie qui s'emparent du patient et le conduisent à la souffrance. Metastasio, chantre de l'amour libertin. Le ciel devenait sombre. Pourquoi lui revenait-il à l'esprit cet air imitatif du baroque mourant ? pour le dernier vers, la *colpa che non ha*, la faute qu'il n'a pas. Pas ma faute, pa-tà-moi, pas de ma faute, les grosses fôtes d'orthographes. C'est pas ma faute, m'sieur. Ah ces reproches, tous ces reproches, tous ces regards tournés vers lui, au fond de la classe, au fond d'un bistrot, au boulot, les larmes aux yeux, une vie de pleurs et de sentiments bafoués, trop tendre disaient-elles, trop con disaient-ils, trop de douceur, trop de pleurs. Arrête de pleurnicher, les p'tits garçons ça chiale pas, c'est bien connu. Du temps où l'on grimpait les sept étages de la rue Dante, dans le sixième, chiottes sur le palier, on riait aux éclats, Denis et moi, avec juste une pointe douceâtre de mélancolie, un brin de tristesse dans les regards embrumés. De toute façon, Denis, il ne s'en souviendrait pas de cet air, les souvenirs des gens ne sont jamais les mêmes, c'est pour cela que les gens s'amusent à écrire des journaux intimes, des mémoires, des souvenirs à la pelle... nevermore mon canard... Coin-coin. Chacun se souvient des choses selon un point de vue qui n'est jamais le même. Oui, les souvenirs ne sont jamais identiques, on a beau recueillir chaque année les mêmes cartes postales, les habituelles pyrotechnies abracadabrantes porteuses d'émotions collectives et nocturnes, au bout du compte, du conte, à chacun son dû.

Tous ces souvenirs ramassés et tassés dans les plis de Chronos – dit aussi grand Chef Temps Cavalant — les plus saillants et les plus infimes, ont toujours au début des nuances qui les différencient les uns des autres. À la fin de la course dans le grand bond vers l'indifférence, ils ont tous la même gueule nostalgique. Avant c'était, tu te souviens? non, à longueur de journée, et toi? non. Ah! bon... L'ensemble paraît ressemblant mais les détails nous échappent. C'est comme la vérité, sait-on? peut-on dire? sait-on jamais où elle commence et où elle se termine? c'est du colin-maillard, on touche à tout et on se brûle, ça crame de partout, des cachotteries à tire-larigot et pour pas grand-chose. C'est ça la connerie de la vie, une pérenne incertitude, un corridor aux aléas, chat perché et cache-cache, et jamais le bon moment. Déphasé avec toute cette tendresse. Ma biche, ne t'inquiète plus, maintenant, mon bichou, mon biquet, mon lapin... petits animaux deviendront grands, petits maux avec une incertaine tristesse et toutes ces jolies filles qui tournaient autour de nous, de nos jeux, de nos insouciances. Et maintenant, tu seras un homme, mon fils, il faut que tu t'y mettes, une carrière ça ne s'invente pas comme ça, ça se construit, peu à peu avec de l'ordre, de la volonté et des qualités, quand nos aînés n'y seront plus... Ce n'est pas cela qu'il te manque, mais ce trop plein de tendresse, toujours, ce débordement de tendresse, tous ces poèmes à la mer, à la Marne, à la Seine, à l'océan. Arrête-toi, voyons, il faut reprendre ton souffle, pour le dernier kilomètre, pour la route, encore un verre, le dernier sur ton coin de comptoir, coin-coin, Mado te verse le petit dernier et les Beatles, sur le juke-box, chantent *In my life*. Tu le savoures ce petit dernier, tandis qu'en catimini tu observes le décolleté de la belle Mado, qui doit avoir à peu près ton âge, mais qui se porte diablement bien, mieux que toi, avec ton ventre bedonnant, tes poignées de l'amour avachies, tes pattes d'oies tiraillant vers le bas et tes sillons rideux, hideux. Comment s'appelait donc cet acteur aux rides hautaines? celui de la pluie? du Japrisot de derrière les fagots, bien comme il faut, pour le scénario? Machin, acteur américain, et toutes les rides, tirez les rideaux, le spectacle est terminé, et s'il... Charles Bronson... sous la pluie... au fait, il ne manquerait plus que la pluie, une vie pour la pluie... Il se rappelait tous ces instants passés, à la queue leu leu, imperméable dans ses valises, grégory impec l'imper, dégringolant sous la pluie, passager de quelque chose, d'un train, d'un destin, d'un amour de passage, d'un chemin boueux, sillons et ornières et gadoue, gadoue à volonté, à patauger, ah la pluie! comme il l'avait aimée cette pluie et ces ciels gris, toute cette eau qui coulait sur les vitres, débordant elle aussi de tendresse pour les fleurs assoiffées, pour les plantes et les saisons, pour la mélancolie et le petit sentimental qui ronflait en lui. Alors on rêve? dites donc, au lieu de travailler, alors, tu vas te dépêcher, il faut faire, produire, produire, nevermore nevermore... Le merle moqueur, oui c'est un merle, a dit quelque chose, non c'est un corbeau, et bien chantez maintenant... sur ton marbre perché... mais toutes ces voix dans sa tête ne l'aidaient pas à se maintenir lucide, tandis qu'il entendait le bruit des sirènes dans le lointain, et la sueur sur son visage et les larmes de nouveau coulaient et se perdaient dans la pluie imaginée qui ne tomberait pas, malgré son désir de tout nettoyer avant de s'éloigner, de remettre de l'ordre dans ses idées, ses écritures, ses souvenirs, ses désirs. Mettre juste un tout petit peu d'ordre pour que tout soit parfait. Une parfaite solitude, avant de s'en aller. Ah! Mado et ses jolis seins se trémoussant dans ce décolleté généreusement offert à ses regards concupiscents de mourant. Incorrigible, alors qu'il va aller *ad patres* forever, il repense à Mado comme si elle avait pu, alors qu'il la connaissait à peine, lui sauver la mise, retarder cette partance définitive. Mado c'est mon Amérique à moi, chantonna-t-il, mais personne ne pouvait plus l'entendre, pas même la vieille dame au cabas, défunte depuis belle lurette. Lui, il s'inventerait n'importe quoi pour pouvoir continuer à vivre parce qu'au fond, cette hâte, c'était encore du chiqué, du cinéma, il n'avait pas vraiment envie de mourir, il voulait vivre encore un peu, pour lire des poèmes, tous les livres qu'il n'avait pas encore lus et la chair qui n'était pas tout à fait triste... Non, sous ses larmes, tout ce grimoire, cette bouillie de chats, ces graffitis, du baratin à foison, il voulait vivre, pas de point c'est tout, des bons points et plein de points de suspension, à foison, avec de nombreuses parenthèses, toute une série de virgules aussi et même des points-virgules, généreusement octroyés par les divinités, allons allons faites un effort jeune homme, n'attendez pas sous l'orme, ne croquez pas le marmot, bougez, bougez, bougez, du cran, allez, un petit effort, vous n'allez tout de même pas flancher, voyons, ce n'est pas le moment, il faut réagir mon petit, une de perdue, dix de retrouvées... La vie, c'est comme la rentrée des classes, on pousse, on pousse pour rien, pour que dalle au fond, juste une petite place près de la fenêtre pour regarder les feuilles tomber et puis voilà que le pion ou le maître ou un plus gros que toi te pousse vers une autre place... La tienne, celle que tu avais choisie, est déjà prise, lâchez la prise, mon petit, allons, ne faites pas votre mufle, quel caractère, ah ces mouflets, j'vous jure, on n'a pas idée... une place en vaut bien une autre, un chasseur sachant chasser doit savoir chasser sans son... roupie de sansonnet, marre, marabout de ficelle, trois, soleil, jacques a dit, allons allons... tu ne vas tout de même pas te remettre à chialer... c'est fini mon garçon, c'est bien fini mon lapin, maintenant il est trop tard, vous avez raté le coche mon ami, le bus, le train, l'avion, l'ambulance...

Il marchait le long du boulevard, enfin il rêvait qu'il marchait, il délirait plus probablement, la nuit n'avait de bon que les coups de feu qui semblaient s'atténuer ; de toute façon personne ne viendrait le tirer de là, il n'en était pas question, les gens ont bien d'autres choses à faire, avec tout ce sang, vaut mieux déguerpir plutôt que de se salir. Il avait qu'à ne pas être là. On n'a pas idée de se faire descendre aussi connement dans une rue. Laissez-moi donc mourir en silence, puisque c'est ça. Pouce, je ne joue plus.

## 11.

« La véritable absence de l'être aimé
n'est pas dans la séparation physique,
la distance dans l'espace, mais le rejet. »
Paul de Roux, *Une double absence.*

Il ne pouvait pas savoir... alors qu'il se mourait sur son coin d'asphalte... il ne pouvait pas non plus prévoir, alors que l'ambulance l'emportait le long des avenues noires, que le tueur était une femme, une tueuse donc. Une femme qu'il avait rencontrée, au hasard des années passées, à l'époque où la ville changeait de forme. Il l'apprendrait, s'il en avait le temps et le loisir, le lendemain, dans les journaux, par la lettre que cette femme avait laissée au vestiaire, à l'attention d'un commissaire de bonne volonté, juste avant qu'elle fasse le grand saut, dans le vide, qu'elle fende l'air d'un air coupable, qu'elle chevauche le vent.

Extasiée, exit.

12.

« Che avesse, parlando d'amore, mentito ? »
Giuliano Scabia, *Nane Oca rivelato.*

« Le salaud, le salopard, l'enfant de pute, le trouduc, l'enculé, le connard, là, il ne fait plus le malin, sur son coin de trottoir à chialer comme une madeleine, je l'ai finalement dans la mire de mon fusil, et je vais débarrasser l'humanité entière de ce salopard, de ce... oh les mots ne suffisent pas pour dire toute la réalité de cet empoisonneur d'existences, y compris la mienne. D'accord je ne suis pas dieu mais je suis juge et je l'ai condamné. Coupable sans aucune arrière-pensée, coupable de m'avoir emmerdée à jamais... sous ses airs de tendresse... de m'avoir abandonnée... »

« ... la véritable histoire de Lætitia Lacrimet qu'ils disent ou qu'ils diront dans les journaux du soir... oui je crois bien que c'est moi qui aie tiré, tout du moins je le crois, je l'espère, il y a peut-être un autre tueur, un émule, le monde est plein de cinglés... J'ai soixante ans, enfin dans quinze jours j'aurai soixante-huit ans. Et j'ai connu cet homme quand j'étais encore belle et enseignante. J'enseignais la philosophie et, suite à une dissertation que j'avais donnée à la classe dont le sujet était deux points ouvrez les guillemets *Qu'est-ce que la vie ?*, j'avais retenu son nom et m'étais souvenue de son sourire. La vie, avait-il écrit, est ce qui vient avant la mort. J'avais trouvé cela tellement tautologique qu'il m'avait paru génial. C'était du temps de Gabrielle Russier, la pauvre, mourir d'aimer... J'ai vite fait de suivre la pente. On suit une pente ou on la remonte. On peut même la descendre, c'est ce que j'ai fait, direction l'enfer que j'avais pris pour le paradis. Je l'ai invité à prendre un thé, il ne comprenait pas vraiment pourquoi. Avec des petits fours, il adorait ça. Il avait un peu d'acné mais des yeux bleus à faire chavirer le monde (ce qui n'existe pas), des yeux de menteur. Il m'a menti. Il m'a dit qu'il lisait beaucoup. Ça, c'était vrai. Après je l'ai raccompagné dans sa chambre de bonne au septième étage. Il m'a demandé si je voulais voir. J'ai dit oui. Il m'a dit qu'il vivait seul. En fait, il avait vécu dans cette piaule avec une fille qui n'était plus là et qui lui avait cédé sa chambre, je l'ai su après. Il m'a dit qu'il était vierge. Je ne l'ai pas cru. C'était pourtant vrai et quand j'ai pris sa verge entre mes doigts, j'ai compris qu'il ne savait pas comment on faisait ça. Comment en était-on arrivé là ? Par jeu, je l'ai pris dans mes bras et je lui ai ébouriffé les cheveux, il m'a repoussée, et je suis tombée sur le lit. J'avais vingt-huit ans, il en avait dix-sept. On ne devrait pas jouer à cet âge-là, cela l'a excité, j'ai vite senti qu'il avait une érection. Je l'ai embrassé. Et puis ma main a glissé dans son slip. Et mes lèvres ont suivi. Je l'ai sucé. Ça, il connaissait puisqu'il a poussé gentiment mais résolument ma tête vers le bas. Après, il m'a confessé qu'il avait connu, à l'école, des filles qui ne faisaient que ça, histoire de passer le temps, entre un cours et l'autre. Des filles qui plus tard voulaient faire du cinoche ou de la politique. Ou les deux à la fois. De la science-fiction ?

Il était gentil mais franchement égoïste, il ne pensait qu'à lui, à son petit plaisir personnel et à son petit monde assez réduit. Trois p'tits tours et puis s'en va. On avait vite fait le tour de son cerveau et de ses connaissances. Je me suis mise en tête alors de le former, c'était de mon âge, pygmalionne, cochonne et lionne en quelque sorte. Je ne risquais pas de faire la fin de Gabrielle-Mourir d'aimer puisque sa famille, m'avait-il dit, était défunte lors d'un accident de voiture, papa maman la bonne et moi. Encore un mensonge, mais je me méfiais de la pipelette d'en bas qui me regardait d'un drôle d'air. Il fallait attendre encore, avant qu'il ne soit majeur. Je me faisais passer pour sa tante. On a toujours une tante quelque part. Même au fond de nous-mêmes. C'est Gilbert Bécaud qui me l'avait enseigné. Il m'appelait, pour me narguer, tata Jeanne et cela m'énervait, mais nous passâmes de bons moments, il fit des progrès comme amant et reprit ses études. Il réussit ses examens, devint majeur, évita son service militaire et descendit un jour acheter des cigarettes. Depuis quelque temps, nous habitions chez moi, un nouveau studio près de la gare Montparnasse. Ce soir-là j'attendis longtemps, toute la nuit en pleurnichant comme une conne et en écoutant

*Ballade de novembre* d'Anne Vanderlove, un vieux disque qu'il m'avait offert pour mon anniversaire, en novembre justement, juste après le sien. Mais il avait dû aller jusqu'à un tabac trop loin et il n'avait pas été capable de retrouver son chemin. Je ne sus jamais ce qu'il était devenu. Jusqu'à la semaine dernière.

C'est fou comme en quelques jours les événements peuvent se précipiter. Il m'a bousculée dans le centre commercial Les Vagues, au rayon parfumerie, mais il ne m'a pas reconnue. Moi si, immédiatement. Il avait vieilli, bien sûr, comme tout le monde, mais je suis très physionomiste et surtout je ne l'avais pas oublié, moi. On ne guérit pas facilement d'une blessure aussi profonde, ce n'est pas si simple que cela... Alors, je l'ai suivi jusqu'à ce troquet vieillot et je l'ai écouté, alors qu'il rêvait les yeux grands ouverts et à voix haute, débiter toutes ces salades sur le passé. Et dans ce passé, je n'y étais pas. Mais pas du tout. Quand il a quitté le bistro, je l'ai suivi et, sur le trottoir, juste en face d'un marronnier, je l'ai appelé. Il s'est retourné, m'a regardée d'un air myope et distrait, m'a murmuré, oui ? Effacée. Dans sa mémoire, dans ses souvenirs, je n'y étais pas, je le voyais bien. Il me regardait d'un air surpris, attendant de moi quelque chose, à peine surpris qu'une inconnue l'appelle par son prénom, un hasard peut-être... Alors il me sourit, bêtement, comme on sourit à une jolie passante de passage, sauf que moi je n'étais plus jolie, juste de passage, et il me tourna le dos, carrément, il s'éloigna en me laissant là, sur ce trottoir, hébétée, juste en face du marronnier. Je n'avais jamais existé. Ça, je n'ai pas pu le lui pardonner. Après, tout s'est déroulé comme dans un film. Ou un mauvais roman, oui, un mauvais roman... »

## 13.

« Car les hommes savent les choses qui s'apprennent, mais les femmes celles qu'on n'apprend pas. »
Alexandre Vialatte, *La complainte des enfants frivoles.*

*C'est l'heure inéluctable où l'on rentre se coucher ou l'on se prépare au lever. C'est l'heure magique, où les insomniaques referment leur livre et cherchent enfin à profiter de quelques heures de répit.*

*C'est l'heure envoûtante quand l'aube pointe son nez dans le visage du monde, et au loin la ville rêveuse encore sommeille.*

*Dans un appartement, juste en face de la mer, Lucy Fair se déshabille lentement, laissant glisser sur le parquet, un à un, ses vêtements, en écoutant d'une oreille distraite les infos où quelqu'un raconte d'une voix bouleversée la mort d'une dizaine de personnes, à la sortie du centre commercial Les Vagues, à cause d'une vieille folle qui s'est improvisée tueuse. Une fois nue, elle cherche un programme musical, se glisse dans le lit et trouve le sexe de son nouvel amant furieusement érigé.*

On trouva, dans la poche d'une des victimes, un livre d'Henri Calet intitulé *Un grand voyage*, où quelqu'un avait souligné cette phrase :

« À y bien penser, il eût pu demander ce qui faisait le plus défaut à sa vie : une armature. Le bon Dieu ne devait pas avoir cet article peu courant dans sa hotte. »

ACHEVÉ D'IMPRIMER AVEC TENDRESSE
DANS LES PREMIERS JOURS DE L'AN
DEUX MILLE DOUZE PAR L'IMPRIMERIE
FLOCH À MAYENNE.